文芸社セレクション

邪気

〜僕らの監督は破天荒〜

山下 真一

YAMASHITA Shinichi

文芸社

目次

第一章　傍若無人な監督

一

「失礼しま～す」

ノックもそこそこに、ドアを開けるなり快活な声を発して校長室に入ってきたのは、満面に笑みをたたえ、天真爛漫を絵に描いたような女性だった。

彼女の名前は葉桜キメク。岡山県の私立緑豊学園に講師採用され、この日、面接のため校長に呼ばれたのだ。

そんな彼女を迎えたのは、スーツ姿の二人の男性だった。

そのうちの一人は北谷事務長で、中肉中背の体躯に黒縁の眼鏡といった風貌だ。この部屋にいるからこそ学校関係者と分かるが、街中で見かければ、うだつの上がらない平凡なサラリーマンに見えるだろう。彼はそれまでソファにかしこまって座っていたのだが、慌ただしい挨拶に驚きを隠すことができず、のけぞった姿勢で入室者を凝視している。

もう一人の男性は校長の種田であった。事務長よりも恰幅がよく、浴衣でも着せれば相撲界の親方あたりに見えるだろう。こちらも少なからず驚いてはいたのだが、すぐさま自分の立場に立ち返り、体裁を整え「葉桜さんですね？　ようこそ我が学園に」と穏やかな口調を繕って、彼女に事務長の向かいのソファを勧めてきた。

事務長に軽く会釈をして葉桜がそこに腰を下ろすと、校長も専用の肘掛椅子から離れ、事務長の左スペースに移動してきた。

「四月の中旬という中途半端な時期にもかかわらず足をお運びいただき、大変申し訳ありませんでした」

校長が腰を下ろすなりねぎらいの言葉をかけると、葉桜は屈託のない笑みを浮かべて闊達な声を出した。

「ど～いたしまして。私こそ就活中でしたので、有り難いお話だと喜んでおりますわ」

それがアニメにでも登場しそうな、キャピキャピしたキャラクターを思わせるハイトーンな口調だったため、校長も事務長も目をぱちくりさせている。

だが校長はすぐさま、いぶかしそうな視線に切り替えた。

「……確か、ソフトボールの元オールジャパン選手と伺っていましたが……。念のために、先に履歴書だけ確認させていただいても良いでしょうか?」

表情といい、声調といい、校長の全身から猜疑心がにじみ出ていることは火を見るより明らかだ。

しかし葉桜は頓着していない様子だ。「は～い、もちろんで～す」相変わらず場にそぐわない軽薄な返事をすると、真っ赤な手提げカバンから大きな封筒を取り出して、中をごそごそと探り始めた。まるで幼児が、煩雑なおもちゃ箱の中身をまさぐっているような仕草だ。

見かねた校長は「いいです、いいです、そのままで。残りの書類も受け取っておきましょう」そう言って葉桜から封筒を受け取ると、その中から履歴書だけを抜き出して、あとは事務長に渡した。そして記載事項をまじまじと確認しながら言った。

「やはり、オールジャパンの選手だったことは間違いないようですね……」

疑心を口に出す。これにより、ようやく葉桜にも校長の不穏当な心中が伝わった。

「あら、何か気になることでもありまして?」

笑みが消え、眉根を寄せている。

空気を読み、彼女が自重することを期待していた校長にとって、こんなにも直接的な質問が飛び出してくるとは予想外だった。

何と返答すべきか。表現次第では性差別と受け取られるかもしれない、と瞬時に考え、慎重に言葉を選んだ。

「あっ、いや……その……私は炎天下で汗だくになりながら白球を追いかける、たくましい女性を想像していたもので……」そして、話題を切り替えるために「それで、ポジションはどちらですか?」と付け加えた。

咄嗟の機転がまんまと奏功したようだ、葉桜の表情が無邪気なものに戻った。

「一応ショートですけど、キャッチャー以外のポジションは一通り経験していますのよ。キャッチャーは面を被って顔が隠れるでしょ。私的にはそれが嫌なので」

この回答。さりげなくフィーチュアの自慢まで突っ込んでいる。やれやれと思いながらも、校長がそれに付き合う。

「あ……ああそうですか……。器用なのですね」

「大したことありませんことよ。狭いエリアなので、どこを守ってもあまり変わりはありませんもの」

「そうですか……いや、いや、大したものです……。しかし、実はそのぅ……」

そう言うと、校長は事務長に目配せをした。そして改めて葉桜に向かって言った。

「一応本校にもソフトボール部はあるのですが、現在必要とするのは野球の指導ができる方でして……と言いますのも、野球部の監督をやっていた者が体調を崩して病休を取得しましたもので、その代員を探していたのです。新年度早々のことなので、野球界のトップアスリートで、しかも高校美術科の教員免許を取得している方となるとなかなか見つからなくて……それであなたに行き着いたと言う訳なのです。しかし拝見したところ、難しいようですね」

これを聞いて葉桜は目を大きく開いた。

「あら、なぜでしょう？　野球の知識ならありますのよ。私には兄が二人いて、どちらも高校球児でしたもの。この影響を受けて私もリトルでは野球をやっていたんですよ。でも、中学校に上がると女子は野球部に入れてもらえなかったんです。それでソフトを始めました。高校で野球と言えば花形じゃないですか。憧れの甲子園。テレビ中継。監督の勝利インタビュー。想像するだけでわくわくしてきますわ」

胸の前で手を組み、視線は天井の彼方に飛んでいる。完全に夢見る少女ではないか。

これを見て、再び校長はあきれ顔だ。

「簡単におっしゃいますが、高校野球はそのように甘い世界ではありませんよ」

そして眉をひそめ、少し間を置いてから厳かに言葉を続けた。

「それに、高校球児を相手にするとなると、その華奢なお体と可愛らしいお顔立ちでは問題があるでしょう」

腹の中には「あんたのような軽薄な娘に、高校球児の相手が務まるものか」と律したい気持ちを持っていたが、ここでも言葉を選んだのだ。それでもこちらの表情を汲み取り、真意は伝わったと思っていた。しかし彼女には無駄だった。

「あらいやだわ、可愛いだなんて、校長先生もお上手ですこと」

喜んでいる。こうなると校長も遠慮はしない。

「いいえ、お世辞を言ったつもりはありません。その容姿といい、場にそぐわない言葉遣いといい、どう見ても高校男子の荒くれどもを相手にできるとは思えません」

「えー、そうですかぁ？　でも友達にはよく言われるんですよ、あんたはユニフォームを着ると人が変わるって。大丈夫です、是非やらせてください」

「しかし、ねぇ……」

校長は困惑顔で再び事務長に目をやった。

事務長も、どうしたものか、と思いあぐねた表情をしていたが「こうしてはいかがでしょう」と提案を持ちかけた。

「卓球部にラグビー専門の荒木さんをコーチとして充てたように、この方には野球部のコーチに回っていただくのです。コーチでしたら口を出すだけでも務まります。監督は現在部長を務めている実井先生がやってくださるでしょう。そうすることによって、何とか形だけでも部活顧問の複数体制を維持することができるのではないでしょうか」

「実井先生が部長兼監督ですか……」

校長は腕組みをして考え込んだ。これを見て尚も事務長が進言する。

「あなたの人脈とリサーチ力をもってしても見つからなかった人材を、これからさらに探し続けることを思えば、急場はしのげるでしょう」

これに「なるほど」と言わんばかりに軽くうなずくと、観念するように校長がつぶやいた。

「こうなることが分かっていたなら、卓球部女子にこの方を回し、ラグビーの荒木さんを野球部に持っていけばよかったですね」

「今更それはできないでしょう」

「まあ、それはそうですね……」

校長は嘆息すると、葉桜に向かって言った。

「私はこれまで経営コンサルタントとして、潰れかけた企業をいくつも建て直してきました。その手腕を買われて四年前にこの学校の校長に抜擢されたのですが、それまでこの学校の前身校は、岡山県内でも有名なほど荒廃していました。そこで私は校舎ごとリニューアルし、現在の緑豊学園と改名したのです。そして学校の指針に文武両道を押し出し、優秀な教員を引き抜いて特別進学コースを創設し、並行して教員免許を取得しているトップアスリートを教員に採用して、スポーツ特待制度を導入しました。これを実現するために理事会で役員を説得し、代々学校でプールしていたOB会費や予備費を全て投入しました。これで失敗すれば学校は終わり、私は責任を取って首をくくらなければなりません、その覚悟でやっています。引き受けていただく以上、あなたにもその気概を持ってやっていただかなければなりません。いかがですか？」

　これまでも、ことあるごとに教員に投げかけてきた内容だ。これによって皆、彼にひれ伏すように服従してきた実態がある。

　だが葉桜の反応は意に反したものだった。「あら、面白そう」と目を輝かせているではないか。

「面白そう？　冗談ではありません。それでは困ります、危機感を持っていただかないと」

　校長とすれば、厳しく釘を刺したつもりだ。だが『糠に釘』とはこのことか。

「危機感ですかぁ、来たばかりの私にそれを言いますぅ？　それは無理ってものでしょう」

葉桜は笑っている。

これには頭にきた。校長がむきになる。

「無理って……あなたねぇ、講師であることを忘れないように。本校の方針にそぐわなければ即刻解雇です。これをパワハラだと思いますか？」

語気を強めて目をむいた。これも校長の常套手段だ。この方法で何人もの教員を萎縮させてきたのだ。それでも葉桜は平然としている。

「いいえ、ぜ〜ん、ぜん。でも先ほどの話では、私がいなくなって困るのはそっちでしょ。あまり高圧的にならないほうがよろしいかと思いますけど」

「なっ、何と……」

いまだかつて、これほど存外な態度の者と出会ったことがない。思わず校長が絶句するも、葉桜はマイペースだ。

「まあ任せてくださいって。一度やってみたかったんですのよ。甲子園かぁ、兄も果たせなかった夢……楽しそう！　もし実現できたら正式な教員として雇ってくださいねっ、ねっ」

無邪気に顔を寄せてくる。

そんな彼女に対し「あなたね……」と、あたご柿を生でかじったような渋い顔をした校長の頭から湯気が立っている。

そこにノックをして入ってきた者がいる。

「お待ちしていたんですよ。さあ、さあ、こちらに」

事務長の手招きで葉桜の横に座ったその男性は、野球部の部長を務めている実井だ。白髪でほっそりとしており、ノーネクタイにクリーム色をしたよれよれの背広を着用している。長年炎天下にさらされたせいか皺《しわ》が多いその顔は、とても現役の教師とは思えないほど老けて見える。

「こちらがこの度、野球部の補佐をお願いした葉桜さんです」

事務長が紹介すると、実井は違和感も疑問も抱かないのか「どうぞよろしくお願いします」と見るからに人の良さそうな笑顔を浮かべて、すんなり受け入れた。

その反応が意外だったのだろう、校長が「先生は監督を引き受けてくださる男性を期待していたのではありませんか？　こうなった以上、この方にはコーチを……」と言いかけたのだが、それを遮って、ここでも葉桜は自由奔放ぶりを発揮した。

「先生さえ良ければ、私に監督をやらせてください」

これには校長も慌てた。

「ちょ、ちょっと、待ちなさい。先ほどと話が違うでしょ」

しかし葉桜は暴走する。

「お見かけしたところ、そのお体では血気盛んな高校球児を相手に、何本も強烈なノックを続けることは無理なのではないですか？　そうなると私がノックを担当することになりますよね？　それに、孫ほど年の離れた男の子の気持ちを掴むことって、できるのでしょうか？」

この発言を聞いて校長が叱責した。

「いくら何でも、現役の教員を捕まえてそれは失礼ですよ！」

だが、当の実井は笑っている。

「ははは、参りましたな。私もガンガンやりたいのですが、若いころに無理をし過ぎたせいか最近腰痛がひどくてね。ご指摘の通り強烈なノックは無理でしょうな。あなたが引き受けてくださるなら私は今まで通り、部長として補佐に回りますよ」

あっさりと容認した。

二人が校長室を出て行くや、校長は事務長に愚痴をこぼしている。

「何ですか、あの能天気な娘は。期待外れもいいところです」

これを受けて事務長は苦笑した。

「いや、いや、お怒りはごもっともです。私も三年間、ここで校長が先生方をやり込めている姿を幾度となく拝見してきましたが、あのような人は初めてですね。怖いもの知らずとでも言いましょうか……もしかすると、野球部の中に入ってもやっていけるのではないでしょうか？」

「それは有り得ませんね。こう見えても、人を見抜く力は誰にも負けない自信があります。男子生徒が付いていくものですか。一週間も経たないうちに現実の厳しさを思い知って、彼女の方から泣きついてくるでしょう。その日が楽しみです、あざ笑ってやりましょう。しかし、そうなると厄介ですね。一応その日のために、これからも代員探しは続けなければなりません。事務長さんも学校関係を当たってみてください」

「承知しました」

事務長の目は尚も笑っている。

二

一方、校長室を出た葉桜は、実井と職員玄関に向かっていた。後ろに手を組み、ペッタン、ペッタンとスリッパの音をたてながら実井が訊いた。

「今日はこれからどうされますかな？　勤務は明日からになるのでしょ？」

これに対して葉桜は、体の前で指を絡めている。そして弾むように言った。

「あら、嬉しいわ、こちらから切り出そうと思っていたところでしたのよ。せっかくなので今日の放課後、野球部の様子だけでも見学させてもらっていいですかぁ？」

意外な返答に、実井の眉が下がった。

「それは感心じゃな。やる気満々でいらっしゃる」

「そりゃそうでしょ、甲子園、夢の舞台だわ」

「気が早いですな、そんなことを考えとったんですか」

「実現できたらきっとマスコミに騒がれますよね『女性初の監督による甲子園出場』って。この学園に正式採用されるどころか、一気にスターに昇り詰めるかも知れませんね？」

「ははは、面白い人じゃ。さっき校長が目を白黒させていた情景が頭に蘇ってきましたわい。ここだけの話、あの校長には皆ビビらされていますからな」

「どうしてですの？」

「一口で言えば理論家ですな。理詰めに迫ってくるので最後には皆打ち負かされます。この学校を立て直した立役者でもあるし、誰も頭が上がらないんですわ」

「へえ、そうでしたの。言われても、ピンとこないものですわね」

「ははは、あんたらしいわ。ところで校長から村上監督のこと何かお聞きになりましたかな？」

「村上監督？　ああ、病休とか言っていましたが、それが何か？」

「これもここだけの話なんじゃが、彼も校長の犠牲者と言えるじゃろうな。特待制度で優秀な部員を確保しとるにもかかわらず、野球部の成績が今一なんですわ」

「技能の高い選手が揃っているんですか？」

「いや、一人だけですわ。佐藤という生徒なんですがね、こいつは特別なんですわ……校長は成果主義でね、彼を確保できたもんですから、ずっと監督にプレッシャーを与え続けていて、それが原因で精神性疾患を患いました」

「へぇ……あっ、もしかしてあなたが簡単に監督の座を私に譲ったのって……」

「ええ、まあ、そういうことですわ。あと二年で退職なもので、今更、教員生命を危機にさらしたくはありませんからな。あなたには申し訳なく思っとります」

「な～んだ、そうでしたの。でもご心配なく。私は私で自分の夢を追いますから」

「そう言っていただければ有り難いのう。その代わり部長として、できる限りの補佐はさせていただきますよ。ノックくらいならまだまだやれますからな――それじゃまたのちほど」

　実井は穏やかな表情で葉桜を見送った。


　その放課後、葉桜は早速グランドに足を踏み込んだ。

　結構広いグランドだ。四〇〇メートルのトラックが引かれているのだが、その外側にかなり余裕がある。

　トラックの左手奥に見える集団は陸上部だ。ランニングシャツに半パン姿で、高跳び用のマットや、ハードルを準備している。

　そしてトラックの外側、というより、グランドを囲むフェンス沿いにランニングしている女子がいる。卓球部員だ。これをがっしりとした体型の男性が見守っている。

これが先ほど校長室で話に上がっていたコーチなのだが、彼は卓球界の人間ではなく元ラグビー選手だ。広島の高校で教鞭をとり、わずか三年でラグビー部を花園に導いたほどの生え抜きながら、諸事情により教職を追われる身となってしまった。その弱みにつけ込み、劣悪な待遇で校長がスカウトしてきたのだ。

葉桜はグランドを一通り見回したあと、右手に向かって進んだ。そちらには野球部員が三〇人ほど固まってストレッチ体操をしている姿があった。

「お待ちしていましたよ、さあこちらに」

葉桜に声を掛けたのは、もちろん部長の実井だ。昼間と同じく、よれよれの背広に身を包んでいる。端から汗をかいて部員を指導するつもりはないようだ。

背広姿の部長の隣にスーツ姿の若い女性が立っている。野球部員たちの目にはこれがどう映っているのか、とにかくストレッチ体操は形だけのものになった。部員たちの目は初めて見る若い女性に釘付けとなり、口は、酸素の切れかかった水槽の中で喘ぐ金魚のように締まりなく開いている。

「みんな集合じゃ」

実井のだみ声で我に返った部員たちは「はいっ！」と歯切れのよい返事をし、ハッラツと二人の前に整列した。

「えー、みんなに紹介しておこう。こちらはこの度、村上監督の代わりにみんなの面倒を見てくださることになった葉桜先生じゃ」

まさか監督だとは思わなかった部員たちは、一斉に「えーっ！」と驚きの声を上げ、互いに顔を見合わせている。

この反応は実井にとって期待通りのものだった。誕生日プレゼントを受け取って喜んでいる孫の顔を見ているような満足感を漂わせ、うん、うんとうなずいている。

「今日は見学だけで、指導は明日からの予定なんじゃが、せっかくじゃから先生に自己紹介をしていただくことにしようかのう」

そう言うと、顔をほころばせたまま「それじゃよろしく」と葉桜に振った。

これを受けた葉桜もにこやかだ。一歩前に出て軽く礼をしたあと口を開いた。

「只今ご紹介にあずかりました葉桜キメクで〜す。きらめくキメクと覚えてね」

何とも馬鹿っぽい第一声に、部員の間から思わず「クスクス」と笑い声が起こった。しかし全く気にすることなく続ける。

「これでもね、学生のころはソフトボールをやってたのよ。でも野球にはずっとあこがれを持っててね……自分の経験を元に少しきつい練習も取り入れようと思ってるんだけど、男の子なんだもん、大丈夫だよね？　みんなで甲子園に行きましょう。全国の人が見てくれるわ。この中の何人かはプロに入るの。そして私は注目を浴びてスターに……素敵だわ。考えるだけでぞくぞくする」

これを横で聞いていた実井は、部員の前でもそれを言うか？　と少し、あきれた顔をしている。しかし葉桜は気にも留めずに続ける。

「私の好きな言葉はね『努力は裏切らない』なの。地道に努力して、みんなで花を咲かせましょ、いいわね」

部員たちは皆、戸惑った表情をして、またしても顔を見合わせている。

これを見て実井が「みんな、どうなんじゃ？」と促すと、すかさず「はいっ！」と歯切れのよい返事がした。

「まあ、素晴らしい返事だわ。さすが高校球児。これ、これっ、これを待っていたのよ。私の思い描いていた世界だわ……。でも、一方的に聞いていてもつまんないでしょ？　せっかくだから、何か質問があればしてちょうだい」

葉桜が微笑みながら部員一人一人を見回していると、早速その中の一人が小さく手を挙げて訊いた。

「おいくつでいらっしゃいますか？」

言った途端に隣の部員から「お前馬鹿じゃないんか、女性に年を聞くなんて失礼じゃろ」と冷やかされている。この様子を見て葉桜の目じりはさらに下がった。

「あら、年齢を聞いてどうするつもり？　セクハラよ。でもいいわ、特別に教えてあげる、二四歳よ。目下、恋人募集中とだけ言っておくわ。これで満足かしら？」

葉桜が流し目を送ると「はい、有難うございました」とその部員は真面目な顔で軽くお辞儀をした。だがこれで済む訳がない。皆からのやっかみを受け、すかさず「この、この」と肘や指でつつかれ「いや、そんなつもりで訊いたんじゃねぇよ。ただ監督には見えないからさ」と弁解をしている。

「他に質問は？」

葉桜が微笑みながら訊くと「はい！」と別の部員が手を挙げた。

「どんな男性が好みですか？」

今度は明らかに異性を意識した質問だ。しかし、これには冷やかす者もなく、誰もが彼女の返答に注目している。

「あら、いやだわ、ここは婚活会場じゃないのよ……。でも、そうね……しいて言えば自分の目標に向かってがむしゃらに頑張る人かしら。一心不乱に燃やす若い命、ほとばしる汗、そこから生まれる感動のドラマ……ああ、そんな情熱的な人に身も心も捧げたい……」

周囲の目を気にすることもなく、葉桜は校長室で見せたように、胸の前に指を組んで夢見る少女に変身している。耐えきれないのは隣で橋渡し役を務めている実井だ。

「コホン」と一つ咳払いをした。

「あっ、ごめんなさい、ついのめり込んじゃった……。でも私のことは分かってもらえたかしら？　みんなには期待しているわ、頑張りましょうね」

この呼びかけにも部員は戸惑っている。やれやれ、といった表情で、ここでも実井が気を利かせた。

「みんな、どうじゃ？」

これに「はいっ！」と部員たちの声が揃ったので「まあ、素敵」と葉桜は無邪気に喜んだ。

そのあと、部員たちは練習メニューに沿って活動を続けているのだが、気もそぞろといったところか、頻繁にベンチで見学している葉桜に目が行っている。場違いで浮いて見えるが、やはり血気盛んな高校生にとって彼女は気になる存在なのだ。

この練習に身が入っていない部員たちを見て、頭を抱えているのは実井だ――任せるとは言ったものの、彼女がここまで軽薄だとは思わなかった。これなら教師生命を掛けて、自分が監督を務めたほうがましだった。明日からが思いやられるわい……。

三

翌日放課後、実井がグランドに出てみると、すでにユニフォームに身を固めた葉桜の姿があった。

「やはり、少々大きかったようですな」

実井が指摘したのは葉桜が着用しているユニフォームだ。急な事だったのでサイズが間に合わず、前監督のものを準備するしかなかった。

「ちょっと動きにくいですが大丈夫です。ユニフォームは自分にとって戦闘服も同然。身も心も引き締まります」

そうは言っているが、だぶついたアンダーシャツの袖をぶらぶらさせている葉桜の姿は、実井にとってさらに馬鹿っぽさを強調しているようにしか見えなかった。

しばらくすると部員たちが部室からぞろぞろと出てきた。部室はグランドの端にあり、人数が多いので学年ごとに一室ずつ与えられている。最初に出てきたのは一年生だ。ユニフォームの左胸に大きな名札が縫い付けられており、それに学年と名前がマジックで記載されている。

「一年部員はこれで全部か？」

出てきた一〇人を見て葉桜が訊いた。昨日と打って変わった乱暴な言葉使いに、部員たちは面食らってキョトンとしている。

「これで全部か、と訊いとんじゃろが！」

葉桜が一層荒々しい声を出したので「は、はい」とうろたえながらバラバラな声が返ってきた。

「それで二、三年部員は？」

眉間にしわを寄せて葉桜が睨みを利かせた。思いもよらぬ彼女の変貌ぶりに驚いて、返事をする者がいない。これには実井も驚いた。まさかという表情で固まっている。

「お前ら耳が遠いんか？　二、三年はどうしとんか、と訊いとんじゃ。遅すぎるじゃろが」

葉桜がすごむ。

「は、はい。すぐに呼んできます」

その中の一人が慌てて部室に向かおうとすると、葉桜がそれを「待て」と制した。

「一体どれくらい自覚を持って取り組んでいるのか、見させてもらおう」

そう言うと、手元のスマホに目をやり腕組みをした。

やがてドアが開き、ぞろぞろと二、三年生が部室から出てきた。まるで昼休憩を迎えた社員が、昼食をとるために社外に出るような自由闊達な雰囲気だ。

先頭の三年生が葉桜を見つけて言った。

「あれ監督、ちょっとユニフォームが大きいんじゃないっスか？」

これを受けて「あっ、ホントじゃ」と皆で笑っている。

しかし葉桜が腕を組んだまま、ムスッとした表情を崩さないので、さらにその中の一人が言った。

「でも可愛くっていいっスね。似合ってますよ」

彼女が笑われていることを気にしているとでも思ったのだろう、フォローしたつもりだ。

だが葉桜の表情は変わらない。冷たい視線を浴びせながら、低く抑えた声で言った。

「言いたいことはそれだけか？」

「へっ？」

思いもしない言葉遣いに、皆は動作を止めた。

「言いたいことはそれだけかと、訊いとんじゃろがい！」

一変して怒鳴り声を発した。皆は豆鉄砲をくらった鳩のような顔をしている。

「二年はここに並んで正座しろ。三年はこっちじゃ」

葉桜が腕組みをしたまま顎で場所を指定した。しかし何が起きているのか理解できない部員たちは、面食らった表情のまま身動きできないでいる。

「お前らも耳が遠いんかい！　全員が揃うまで正座して待てと言うとんじゃ」

「は、はい」

葉桜の勢いに押され、二、三年生がそれぞれに指定された場所に移動して正座を始めた。

このようなことが起きているとはつゆ知らず、残りの部員はだべりながら部室から出てきている。笑い声さえ聞こえてくるではないか。しかしグランドで正座をしている仲間の姿を見つけて、慌てて駆け寄ってきている。

「お前らも自分の学年の場所に座れ」

来る者、来る者に、葉桜がドスの利いた声で指示をしている。遅れてきた者にとって訳は分かっていないが、異変は察知している。疑問を口に出すこともなく、とりあえず彼女に服属して座るのだった。

やがて部室から出てくる部員が途切れたところで葉桜が言った。

「キャプテンは誰じゃ？　立って部員が全員揃っとるか確認しろ」

「は、はい」

三年生の中の一人が立ち上がって、右手人差し指で部員を数え始めた。

「揃っています」

その部員が報告をすると「そうか」と葉桜は再びスマホに目をやった。

「一年が全員揃ってから二年が揃うまでにおよそ五分、三年は七分経っとる。お前らにこの時間の重みが分かっとんか？　これだけ甲子園が遠のいたちゅうことじゃ」

これを聞いて、隣に目配せをしてにやけている部員がいる。昨日の葉桜の印象が抜けきれておらず、くだらないことを言っている、とでも言いたそうな表情だ。

それを葉桜は見逃さない。

「おいっ、そこの三年、何がおかしい」とすかさず指摘した。

「お前じゃ。今、隣に同意を求めてにやついたボンクラ、お前のことじゃ。自分に自信が持てんもんじゃけん、つい他人に依存することによって、己の感じたことを共有してもらおうと働きかける。お前のような奴をパラサイト、つまり寄生虫って呼ぶんじゃ。どっちがいい？」

「はい？」

「パラサイトと呼ばれるんか、寄生虫と呼ばれるんか、どっちがいいかと訊いとんじゃ」

「あ……いえ、どちらも嫌です。田沼と呼んでください」

「なにぃ、生意気な！　依存しかできん者が自分の主張をするとは一〇年早いわ。押し付けるのも可哀想かと思って、温情から選択権を与えとるのに……どっちがいいか自分で決めんと、お前のことをこれからボンクラと呼ぶぞ」

「あ……それも困ります……。ではパラサイトで……」

「最初からそう言えっちゅうんじゃ。それじゃ、お前は今日からパラサイトじゃ」

「……はい」

その三年がうなだれると、周りの者が「クスクス」と笑った。しかし葉桜の「何がおかしい」の一声ですぐ真顔に戻った。

「他にも、わずか五分とか、七分とか、思っとる奴がおるんと違うか？　ええじゃろう、それがどれくらい長い時間なのか、これから身をもって体験してもらおう」

そう言うと、葉桜は一年生にボールの入ったケースを持ってこさせた。

「ようし、みんな足を伸ばしてあお向けに寝転がれ」

訳が分からないが、とにかく指示に従う。だが、心中は穏やかでない。何をされるのかやや不安な面持ちだ。

「これから足の間にボールを入れていく。お前らはそれをしっかり両足の先端で挟め。こっちの合図で仰向けになったまま、膝を伸ばした状態で三〇度の角度まで足を持ち上げるんじゃ。二年は五分、三年は七分、その間にボールを落とした奴はトラック一〇周じゃ。膝が曲がったらこっちで矯正していくからそのつもりでおれ」

これを聞いて「なんだ、それくらいのことか」と表情が緩んだ部員も結構いた。だが始めてみると、スパイクの重みにボールが加わって結構きつい。一分を超えたころから皆の足先が震え始めた。

「まだ、まだ、たかが一分しか経っとらんぞ。落とすなよ。最初に落とした奴はヘタレと呼ばせてもらう。二番目はへなちょこ、三番目は根性なしじゃ」

皆、歯を食いしばり「く〜っ」ともがいている。

「落とすなよ。お前らが遅れた五分はまだまだ先じゃでな」

そのうち二年生の一人がボールを落とした。

「ふん、このヘタレが。即ランニングじゃ」

罵《ののし》って足の裏をける。

そして次も、そしてその次も、どんどん部員が脱落しては、葉桜に罵声を浴びせられてランニングを始める。

「なんじゃ、どいつもこいつも……まだ三分しか経っとらんのに二年は全滅、三年はこれだけか……」

残った三人を見て葉桜が嘆く。

三人の足は震え、顔からは汗が噴き出ている。

「どうじゃ、七分は長いじゃろう、身に沁みたか？」

一人ひとりの顔を覗き込みながら嬉しそうに話しかける葉桜。だが部員に答える余裕などない。歯を食いしばったまま、顔を真っ赤にし、目をむいてもがき苦しんでいる。まるで地獄絵図だ。恐らく体力の限界ぎりぎりだろう。精神力だけで耐えているように見える。しかし葉桜は容赦ない。

「おい、膝を曲げるなと言うとるじゃろが」

無情にもその中の一人を捕らえ、コンとバットで膝を叩く。はずみでポトンとボールが落ちた。

「えーっ、そ、そんな……」

泣きそうな表情だ。だが葉桜は相手にしない。

「ふん、これしきの振動でボールを落とすなんて情けない……膝を曲げたお前が悪い。

野球をやっとるのにルールも守れんのか。即ランニングじゃ」

　吐き捨てる。

　残った二人は足と言わず腹と言わず、体中を震わせて悶《もだ》えている。

「粘るなぁ、頑張るなぁ、じゃげど、そんなに動くとボールが落ちるぞ。落としたらこれまでの努力が水の泡じゃ……ちゅうても、まだ二年生が目指しとった五分にも達しとらん。大した努力でもないか……お前らは、そこからさらに二分あるでなぁ～」

　葉桜がにんまりとほくそ笑んだ。まるで悪魔のささやきだ。これによって二人の気持ちの糸はプッツンと切れた。精も魂も尽き果てたとばかりに体の力を抜き、ボールごと足を地面に落とした。これを見て葉桜が嘆いている。

「な～んじゃつまらん、まだまだ楽しみたかったのに。揃いも揃って、がっかりもええとこじゃ……早う走らんかい！」

　最後まで粘ったことへの賛辞めいた言葉もなく、けんもほろろにこき下ろしたが、反抗的な表情も見せず二人はランニングに向かった。その横で一年生はおろおろしている。

　葉桜の目がその一年生に留まった。

「日頃偉っそうにしとるのに世話ないな、って顔して先輩を見とるな」

急な言いがかりに、一年生の肩はビクッと反応したまま固まった。まるで蛇ににらまれたカエルだ。

「いえっ、滅相もないです」

その中の一人が、絞り出すようなか細い声で返答した。しかしこれを葉桜が無残にも跳ね返す。

「お前らにはそのつもりがなくても、先輩の目にはそう映っとるじゃろな。きっと『一年のせいで俺らがこんな目に遭っとる』て思っとるで〜。このあと、お前らにどんな八つ当たりが来るんじゃろ。こわいな〜、恐ろしいな〜」

「あ、あの、僕たちも走っていいですか？」

「何のために？　ここで『あほな先輩じゃ』みたいな顔して突っ立っとりゃ楽じゃろが」

「い、いえ、是非、走らせてください」

「ほうか？　変わっとるのう。どうしても走りたいっちゅうんなら止めりゃせん、好きにするがええ」

「はいっ！　有難うございます」

そう言って一年生もランニングを始めた。

結局、野球部全員がトラックを走っている。ボールを落とした者から順次走り始めたのでトラック上にまんべんなく散らばっている。これを見て葉桜がガ鳴る。

「何をチンタラ、チンタラ走っとんじゃい。日が暮れるぞ！」

しかし部員には響かず、ペースは変わらない。

「一分でも早う走り終えて、ボールを握ろうとは思わんのかい」

それでもペースを上げる気配はない。

「ほうか、ほうか、お前らの根性は腐っとる。よう分かった。そんじゃ、頑張った奴は周数を減らすとするかのう。そうじゃなぁ……前を走る奴を一人抜くごとに一周ずつ減らしちゃる。その代わり、抜かれた奴は逆に抜かれた分、周数を増やす」

葉桜が声を張ると、これを聞いた途端、皆は血相を変えて疾走を始めた。

「ほう、やろうと思えばできるじゃないか」

葉桜は、これを涼しい顔をして見ている。

そして一人の部員が息せき切って葉桜のところに走り込んできた。先ほどパラサイトとネーミングされた三年生だ。

「一〇人抜いたので、これでランニングを切り上げてもいいでしょうか？」

肩でハア、ハアと荒い息をしている。

「ちょっと頭を出せ」

葉桜が言うと「はあ?」こわごわとその部員が頭を垂れた。それを葉桜が右手でなでる。

「ようやった。お前は『パラサイト』から『いだてん』に格上げじゃ」

高校生にもなってナデナデはないだろう、実井はそう思ったが、その部員はまんざらでもない顔をして喜んでいるように見える。

「じゃけどな、条件を出される前にスピードを上げとったら、もっと良かったな」

そう言って葉桜が平手でペンと頭を叩くと「はい、すみませんでした」と苦笑いしている。

アメとムチを巧妙に使い分けることによって、手なずけているではないか。まるで彼が忠犬ハチ公に見える——実井はあきれた。

部員は早々とゴールできた者と、三〇周を超える者に分かれた。三〇周を超えるのは一年生ばかりだ。先輩には忖度して抜かれ、そうかといってペースを上げなければ同級生にまで抜かれてしまう。適度な、そしてある程度のペースで走り続けたのでヘロヘロ状態だ。これを見て葉桜があざ笑う。

「これが世の中ちゅうもんじゃ。食うか食われるかの世界で、お人よしが生きていける訳なかろうが。お前らのお陰で先輩たちはみんな『助かった』と喜んどるぞ。どうじゃ人に感謝される気持ちは？　本望か？　ははは……」

一年生のこの悲惨な姿を見て、二、三年生の表情は、溜飲を下げたすっきりしたものになっている。

作為的に一年生を走らせたように見えたが、これが目的だったのか？　そうだとすればなんと狡猾な――実井は葉桜に不気味さを感じていた。

四

「あんな奴ら待っとっても時間の無駄じゃ」

葉桜の一言で、ランニング中の一年生をそのままに二、三年生による練習が始まった。

「オエ」「オエ」と声を出しながら、二人一組になってのキャッチボールだ。どこにでも見られそうな練習風景と言える。だが葉桜がそれに物申す。

「一体いつまでそうやってチンタラやっとんじゃ。親子が公園でキャッチボールを楽しんどる訳じゃなかろうが。肩が仕上がってきたらそれに応じて力を込めて投げろ」

「はいっ！」

歯切れのよい返事とともに、ボールのスピードが上がった。

「まだ、まだ！」

「はいっ！」

「まだ、まだ！」

「はいっ！」

球速はどんどん上がっていく。しかし葉桜が「もうええ！」とそれを止めた。

「まるで躍動感がないな。腕だけで投げとる。ええか、いろんなエラーがあるが、送球ミスは、あたいからすれば最もつまらんエラーじゃ。受ける準備が出来とる仲間にボールを投げ込むだけじゃけんな。ところがどうじゃ、実際は走者を気にするあまり慌てて投げるもんじゃけん、摑み損ねたままとんでもないところに投げることがある。単なる内野ゴロがたちまち二塁打じゃ。お前らにゃ、その危機感がない」

そう言うと皆を集めてキャッチボールの指導を始めた。

「ええか、投げるも、打つも、走るも、回転運動の組み合わせじゃ。つまりローリングが滑らかなほど無駄なく、素早く正確に目的が達成できる。キャッチボールを例に取り上げるとじゃな、ボールをキャッチしてから投げるんじゃなくて、こうして投げるフォームの一環で、グローブを懐にローリングさせながらキャッチせにゃいけん……」

ここまで言うと葉桜の目が一人の部員に留まった。

「何じゃ？　その、僕は分かっています、みたいな顔は？」

葉桜が食いついたのは三年の一人だった。他の部員が後ろに手を組んで聞いているのに対し、彼は前で腕組みをして斜に構えているのだ。

「いや別に。ただ、技術指導もできるんだなぁと思っただけです」

「はん？　それでその上から目線か」

「いえ、そんなつもりはありません」

悠然としている。

その態度が葉桜の癇《かん》に障った。その三年に近づくと、胸の名札を見て言った。

「はん？　お前、佐藤と言うんか。たかがこの中で少し野球がうまいくらいで勘違いするなよ。上には上がおる。ちゅうか、世の中にはお前より上手な者が一杯おる。それが分かっとらんようじゃな。じゃからこのチームは県でベスト8くらいまでしか進めんのじゃ。現に五分間の足上げ腹筋にも耐えられなかったじゃろうが。変なプライドは捨てろ」

しかし佐藤は動じない。

「変なプライド……ですか？」

顔が少しにやけた。その表情が、さらに葉桜の感情を逆なでた。

「はん？　もしかして自分は優れているとでも思っとるんじゃなかろうな？」

「いけませんか？　少なくともここにいる連中よりはましだと思いますが」

これを聞いて、周囲の部員たちはしかめっ面をしている。

「……仕方ない」ため息交じりにそう言うと、葉桜は佐藤から視線を外し、全体に向かって叫んだ。

「お前ら、もう一度キャッチボールの隊形に並べ」

「はいっ！」

歯切れのよい返事とともに、部員たちはきびきびと元の位置に戻った。

「これからキャッチボールのスピード競争をするぞ。一番早く一〇往復したペアが勝ちじゃ。こっち側の奴がボールを受けるごとに、その回数を大きな声でカウントしろ。そんで一〇回目の捕球が済んだら座れ。一番以外はランニングじゃ。さらにビリッケツになったペアは周数を一つ追加する。じゃから後ろにそらしてもあきらめず、急いで拾ってきてレースに戻れ。分かったか」

「はいっ！」

「それじゃ、よ～い、始め」

この合図で一斉にキャッチボールが始まった。今度は競争とあって、見違えるほどの躍動感がある。だが二往復もするとボールを握り損ねて落とす者、後方にパスボールをする者が現れ始めた。隣のボールが目に入るために焦り、さらに周囲から聞こえるカウントがプレッシャーをかけるのだ。

やがて三年生の一ペアが「一〇」をカウントして座った。このとき、約半数のペアはパスボールを追って列から離脱している。そしてそのミスをしたペアも次々に復帰し、何とか全員が規定回数を終えた。

これを見届けて葉桜が声を張る。

「半分以上も暴投するとは情けない！　これが試合なら、労せずして相手に二塁打を献上したことになるんじゃぞ、このへたくそ軍団が！　即ランニングじゃ。トロトロ走っとったら許さんぞ。今走っとる一年生を五人抜け。ビリッケツのペアは一〇人抜け。抜くまで帰ってくるな！」

落胆している者や、悔しそうな表情をしている者がいる。だがそれは、一位になれなかったからでも、葉桜の叱責を気にしているからでもない。先ほど自分たちを見下した佐藤ペアが一位だったからだ。

「悔しそうですね――」そう葉桜に声を掛けてきたのはその佐藤だ。「――だから言ったでしょ、俺はあいつらとは違うって」

「随分自信があるんじゃな。何度やっても同じ結果になると、思っとるんか？」

「当たり前でしょ。俺はこんなところで、あんな雑魚と一緒に練習をしている選手じゃないんです」

「雑魚じゃと？」

「ええ、そうです。俺がいくら好投しても、大事なところでエラーして負けるんです。あいつらは技術面でもメンタル面でも三流なんですよ」

「お前、自分のチームメイトによくそんなことが言えるな」

「悪いですか？　これまでどれほど俺の足を引っ張ってきたことか……」

「今まで負けてきたのは、全部あいつらのせいだって言うのか？」

「実際そうなんだから仕方ないでしょう。それに、こう言っては何ですが、まだあなたのことも認めてはいません。みんなはあなたを女性だと思って遠慮しているんでしょうが、俺にしてみれば、それもくだらないと思っています」

「ほほう、そんじゃ、お前はあたいを見ても異性を感じないと？」

「感じませんね」

「全く？」

「全くです」

「ほう、そうか」

そう言うと、葉桜は佐藤の右手を摑んで自分の胸に押し当てた。

「な、何を……」

思いもかけない乱行に、佐藤は顔を赤らめて狼狽した。

「ははは、えらっそうに言うとる割に、体は正直じゃ。何じゃ、その股間は。生意気にテント張っとるじゃないか」

葉桜が笑うと、佐藤は慌てて両手で股間を押さえた。

「余計なプライドは捨てろ。大して実力もないくせに、仲間を雑魚扱いにするなんて思い上がりもええとこじゃ。これからあたいがそれを証明しちゃる」

葉桜に好き勝手言われている。しかし佐藤は反論しない、いやできなくなったのだ。これを佐藤のキャッチボールの相棒と実井が、隣で啞然とした顔で見ている。

しばらくするとランニングを終えて二、三年生が再び揃った。

「悔しそうな表情をしている奴がいたので、もう一度キャッチボールの競争をやってやる。それじゃさっきの隊形に戻れ」

「はいっ！」

皆、意欲満々だ。やはり先ほどの結果を受け入れ難い、というより、佐藤から露骨にこき下ろされた上に負けたことが我慢ならないのだ。

「それじゃいくぞ――始め！」

葉桜のこの掛け声で再び競争が始まった。

「イチ」「ニィ」「サン」

カウントの声が響く。やはり佐藤のペアが他よりも早い。佐藤は、見たか、何度やっても同じことだ、と言わんばかりの得意顔をしている。

これを見て葉桜が「ふん」と鼻を鳴らした。そして佐藤がキャッチしようと構えに入ったタイミングに、後ろから甘い声で囁いた。

「もっこりくぅ～ん」

これに「なっ……」と反応し、肩がビクンと上がった弾みに佐藤がボールを落とした。慌てて拾い上げて投げたが暴投だ。相棒の遥か頭上を越えたボールは、グランドの彼方に転々としている。

「はっはっはっ、これくらいのことで動揺するとはなぁ。己の未熟さを思い知ったか？　はっはっはっはっ」

葉桜に高笑いされ、佐藤の顔は屈辱で真っ赤になっている。

やがてこのレースも決着がついた。結局、大暴投をした佐藤ペアは最下位だった。

口をゆがめ、不満そうな表情をして座っている佐藤に、葉桜が声を掛けた。

「どうじゃ、雑魚に負けた気持ちは？」

「別に……実力で負けた訳じゃありませんから」

「ほう、実力じゃないとな？」

「そうじゃないですか、あんな卑劣な手を使って……」

佐藤が不快そうに顔をしかめると、葉桜が恣意的に声を張った。

「あっそう、今更そんな言い訳をするか。お前があたいのことを女と感じないと言ったんじゃろが。じゃからあたいが確かめようと思って――」

そこまで言うと「あっ、分かりました、もういいです」と佐藤がそれを遮断した。

「分かりゃええんじゃ。人間だれしも弱みを持っとる。そこを突かれると自分のパフォーマンスなんかできん。恐らく、お前のその高慢さのせいでプレッシャーを感じ、みんな力が出せていないんじゃ。試合で勝てんことを人のせいにする前に、自分の態度を改めろ！　分かったらランニングじゃ、一〇人抜くまで戻ってくるな。他の者は五人じゃ、ランニング開始！」

「はいっ！」

佐藤を除く敗者は嬉しそうに返事をした。この雰囲気を受けて、佐藤はさらに納得がいかない表情をしたのだが、いかんせん弱点を握られてどうしようもない。しぶしぶランニングを始めた。

そして二、三年生が罰ゲームを終えたころ、一年生も走り終えたので全員が揃った。

ここで葉桜が声高に言った。

「練習に向かう際の心がけを言っておく。自分が一番下手だと思う謙虚さを持って練習に取り組め。ひたむきな姿勢がない者に、幸運の女神は微笑まん。分かったか」

「はいっ！」

このハツラツとした返事はどうだ。あの高慢な佐藤を見せしめにすることによって、皆の心を掴んでいる。もしかすると彼女は優れた指導者なのかもしれない――実井がそんなことを思っていると、葉桜はとんでもないことまで言い始めた。

「チームの中で監督は絶対じゃ。あたいが『白』だと言えばカラスも『白』、あたいが『晴れ』だと言えば土砂降りの日でも『晴れ』、あたいが『犬』になれと言ったらお前たちは『犬』になるんじゃ。分かったか」

　いくら何でもそれはないだろう。部員たちが受け入れるはずがない――実井は、調子に乗って度を越している葉桜の暴走を止めようと、彼女に近寄りかけた。しかし、すかさず部員たちが「はいっ！」と返事をしたではないか。

「マジか！」

　実井は絶句した。

　だが、これにとどまらない。さらに葉桜が突っ走る。

「あたいの好きな言葉を言っておくよ。『無理が通れば道理が引っ込む』じゃ。やる前から無理じゃと思うなよ。道理に合わんでも成功したら勝ちじゃ。やったもん勝ち、それが世の中じゃ。ええな！」

「はいっ！」

　こんな言葉にも部員は迷うことなく返事をしている。

　おい、おい、昨日好きな言葉は「努力は裏切らない」とか言っていたじゃないか。どうした、一体何があった。ユニフォームを着たくらいで、人間そんなに変わるものなのか。あんたは独裁者でも目指しているのか――実井は不安になってきた。

五

トスバッティングが始まった。一、二年生が野手に入り、三年生は横からトスするボールを交代で打っている。

これを見ながら、葉桜は腕組みをした格好で実井に話しかけた。

「この練習、必要なんでしょうか？　無駄が多すぎます」

「おや、ソフトボールでもやっているのでは？」

「一人しか打席に入らず、他の者はそれを見ているだけでしょう。野手だって、あれだけ大勢いるのに、捕球に動くのはボールが飛んできた方向にいる二、三人だけですよ」

「まあそうですが硬球ですからな、打席を増やして打つと、目を離している打者からのボールは避けられません。当たって怪我をすると大変でしょう。それに監督が打者のスイングをチェックしようと思えば、一人ずつ見なければ用を足すことはできませんでなぁ。うちではずっとこんな形でやっておりますわ」

「うーん、それにしても無駄です」

「まあ、あなたが監督なんですから、好きにやったらええと思いますよ」

「そうですよね。この際、四方八方から打ちまくらせてみますか。打撲や骨折なんて、この世界では当たり前でしょう。死人が出なければよしとしますか」

「そ、そんな……」

先ほどの暴挙とも思える葉桜の言動を見ている実井にとっては、これまた衝撃的な内容と言える。たちまち形相が変わった。

これを見て「ははは、冗談ですよ」と葉桜が笑った。

「こう見えても良識ある社会人ですよ。それに曲がりなりにも教師です、そんなことする訳ないじゃありませんか」

どの口が、そんな表情で実井が言った。

「それでもさっき、佐藤に胸を触らせていたじゃありませんか。とても良識のある人がすることではありませんよ」

「あら、見ていたんですか？　お恥ずかしい……実っちゃんも触ってみます？」

「じ、じっちゃん……」

いつの間にか自分にまで愛称が付けられている。実井は抵抗を感じたが、今はそんなことにこだわっている場合ではない。気を取り直して言った。

「い、いや、まさかそんなことできませんわ」

「まあ、照れてらっしゃる。可愛い。遠慮しないでもいいんですよ。どうせ私の胸じゃありませんから」

「えっ？」

「これね、胸にきつくさらしを巻いているんです。その上にスポンジのパットを乗っけてブラで覆っているんですよ。だからあいつが触ったのはスポンジなんです。私には手が触れた感触さえしませんでしたもの」

「な、なんと……」

「当たり前でしょう。誰があんなガキどもに、大事な体を触らせるもんですか。それにこれ見てください」

そう言うと、葉桜はお尻を突き出した。

「ここにもスライディング用の厚いパンツに、布を仕込ませているんですよ。だから少しヒップが膨らんで見えるでしょ？　触ってみます？」

「い、いや、結構」

どこまでも破天荒——実井はあきれてものが言えなかった。

そんな会話の最中にもかかわらず、葉桜の目にはトスバッティングをしている部員の姿が留まったようだ。「おい、こら！」と言いながら、その三年生に向かって行った。

「顎が上がっとる、そんなに大振りをしてどうする。トスしたボールだから打てるんじゃ。実際にピッチャーが投げたボールだと空振りするぞ」

先ほどのキャッチボールに続いて、バッティングのアドバイスをしている。これを部員たちは関心を持って見ている。両脇の締め具合、スタンスの大きさ、腰のひねり、バットの送り出し方などを細かく指導しているその様は、どう見ても監督だ。

だが、これで終わらないのが葉桜だ。

「いま修正したフォームが身に付くまで素振り！　千回じゃ！」

「せ、千回……ですか？　それでは僕のバッティングの番が無くなるんですけど」

その三年が遠慮がちに言うも、葉桜は聞く耳を持たない。

「お前がボールを打つなんて一〇年早いわ。ボンクラはボンクラなりに自分のことを理解してわきまえろ！　次！」

頭ごなしの命令に、泣きそうな表情をしている部員だが、言い返すことはない。

こうして葉桜は、次々に三年生を捕まえて素振りを強制した。気が付けば全員がバットを振っている。そして当の彼女はノック用のバットを肩に担ぎ、機会あるごとにそのバットを部員の腰や腕に当ててアドバイスを続けている。

そのうち葉桜の視線が、守備に入っている一、二年生にいった。

「暇そうじゃな。じっと突っ立っとっては体がなまるじゃろう。ランニングでもするか？」

声を張り上げると、彼らは慌ててボールを分け合いキャッチボールを始めた。完全に葉桜のペースだ。

しばらくすると、一人の三年生が葉桜のところに素振りを終えた報告に来た。

「ようし、それじゃ打ってみるか」

葉桜にそう言われ「はいっ！」と嬉しそうだ。トスバッティングの再開、そう思っていたに違いない。しかし葉桜は佐藤に声を掛けた。

「お前、こいつに投げてやれ！」

何と、フリーバッティングをさせようというのだ。

佐藤はしかめっ面をした。

「なんで俺が、こいつらのバッティングピッチャーをやらなくっちゃいけないんですか。いつもは一年生か二年生がやっているんですよ」

「おや？　まだそんなことを。自分は特別なので雑魚を相手に投げることはできないってか？　このもっこりが！」

これを聞いて、もっこり？　という顔をして皆が佐藤に注目をした。

佐藤としてはたまらない。

「あ、いや、投げます。投げればいいんでしょう」

しぶしぶマウンドに移動した。

先ほどキャッチボールの相手を務めていた相棒を座らせて、佐藤の本格的なピッチングが始まった。

中学時代にリトルのエースを務め、岡山県の代表として全国大会に出場した実績を持っているだけのことはある。「ズバンッ」とキャッチャーミットが重量感あふれる音を立てている。そしてそのたびに、皆の表情は重く、暗いものに変わっていった。やはり高飛車と嫌いながらも、彼の実力だけは認めざるを得ないのだ。当の佐藤はその雰囲気を肌に感じてしたり顔だ。

「いいですよ」

佐藤が肩の仕上がりを告げた。

「それじゃお前、打席に立ってみろ」

葉桜に促され、先ほどの三年生がバッターボックスに入った。

佐藤が振りかぶって投げる。バッターがスイングする。しかし空振りだ。

「なんじゃ、まだ顎が上がっとるじゃないか。それじゃ手元のボールが見えんじゃろ」

葉桜のアドバイスでバッターボックスの三年生は少し顎を引く。それに対して佐藤が二球目を投じた。「ズバンッ」ミットの音が響く。やはりバットが空を切ったのだ。

「何度やっても同じですよ。分かったでしょう、俺のプレッシャーなんかじゃない。こいつらには才能がないんですよ。バットにボールが当たらないんじゃ、いくら素振りをしても無駄だってことですよ」

佐藤の口角が上がった。

「おいおい、あんなこと言われとるぞ。悔しくないんか？　お前には意地ってもんがないんか？」

葉桜がけしかけるが、その部員はうつむいたまま反論しない。

「他の者はどうじゃ？　こいつの代わりに誰かあいつのボールを打ってみろ」

しかし誰も名乗りを上げない。

「情けない連中じゃな。お前らは最初からあいつに気後れしとる。そんなんじゃ、いつまでたっても自分の力は発揮できんぞ。つまり、このチームは勝てんということになる。ただのバッティングピッチャーだと思って打ってみろ！」

さらに葉桜が発破をかけるが、だれも応えない。

「しょうがないなぁ、貸してみろ」

そう言うと、葉桜は部員のバットを取り上げて自らバッターボックスに入った。

「よしいいぞ。投げてみろ」

葉桜が佐藤に向かって言った。

「ええっ！」

皆驚いている。その中で佐藤だけがあきれた表情をしている。

「一体、何の真似ですか？」

背筋を伸ばし、グローブを腰に当て、右手の中でボールをもて遊んでいる。

「だから、投げてみろと言っとんじゃろが」

葉桜が吠えるように言った。しかし佐藤は冷めた目をしている。

「いいんですか？　恥をかくことになりますよ」

「あんなへなちょこボールで、大口叩くな」

「参ったなぁ、そこまで身の程知らずとは……いいでしょう、それじゃ投げますからヘルメットをしてください」

「お前のボールごときに、ヘルメットなんか要るか」

「ははは……まあ、いいでしょう。そんなに言うならいきますよ」

佐藤にすれば鬱憤を晴らす絶好のチャンスだ。大きく振りかぶると、そのまま躍動感あふれるフォームでキャッチャーミットめがけて投げ込んだ。

次の瞬間「カキーン」という金属音とともに、打球はセンター前にはじき返された。

「まさか？」

皆が信じられない、という表情をしている。一番驚いているのは佐藤だ。打たれたボールの方向に顔を向けたまま固まっている。

「これが金属バットで硬球を打った感触か。ソフトボールと違って手に強い振動が伝わってくるな。それに耳にも響く」

葉桜はバットをしげしげと見ながら、のん気に感想を述べている。そのあと三年生に向かって言った。

「なっ、打てるじゃろ。あいつが特に優れとる訳じゃねえ。お前らはあいつに呑まれとるから打てんのじゃ。もっと自分に自信を持て。分かったか」

皆はポカーンとしたままで、返事をする者がいない。まだ現実が受け入れられない様子だ。

佐藤の頭の中も混乱していた。名の知れた野球界の人間ならいざ知らず、ソフトボールをやっていただけの、見るからにはねっ返りの軽薄そうな女に打たれたのだ。納得できていないのは、その眉間のしわでわかる。だがすぐに気を取り直して「もう一度いいですか？」と葉桜に挑戦を申し出た。

これを葉桜が戒める。

「なんじゃその言い方は。人にものを頼むときは『お願いします』じゃろが。そんなことも分からんのか」

佐藤は一瞬困惑の表情をしたが「……お願いします」と言い直した。

「まあ、えかろう。何度やっても同じじゃ、身の程を知れ」

そう言って、葉桜は再びバッターボックスに入った。

今度こそ、と佐藤の形相からは並々ならぬ意気込みが伝わってくる。そして、さらにダイナミックなフォームで振りかぶると、見るからに渾身の力を振り絞って二球目を投じた。他の部員たちは固唾を飲んで見ている。その中を「カキーン」と澄んだ金属音が鳴り響いたかと思うと、ボールはセンターを守っている二年生の頭上を越え、陸上部が活動している場所にまで転がっていった。

「おーっ」

思わず三年生から歓声と拍手が起きた。ようやく事態を飲み込むことができた、そんな雰囲気だ。

葉桜は葉桜でマイペースだ。

「さっきよりは飛んだな。ちょっとバットが手に馴染んできた気がする」

やはりバットを眺めながら悠長に感想を言っている。

こうなると佐藤としては引っ込みがつかない。「もう一度お願いします」と頭を下げた。

「お前も負けず嫌いじゃな。まあ、バッティングセンターで金を払うことを思えば安上がりか」

葉桜がもう一度バッターボックスに立った。これに対して佐藤が三度目の投球をする。しかしこれも葉桜によって玉砕された。ライト前ヒットだ。だが今度は、打った側の葉桜が顔をしかめて言った。

「何じゃ、姑息な。まさかカーブを投げるとは思わんかった。危うく見逃すとこじゃったじゃないか」

そして再び三年生に向かって得意げに言った。

「見たかお前ら、カーブはこうやって引き付けて打つんじゃ」

スイングを再生してみせながら、解説までしている。それを返事も忘れて皆は「ほーっ」と感心している。まるで少年が、あこがれのプロ野球選手を見るファンの目だ。

いよいよ佐藤にとっては屈辱極まりない。直球の中にカーブを交ぜたにもかかわらず簡単に打ち込まれ、その上、姑息だ、と非難までされた。立つ瀬がない。

「ヘルメット、ヘルメットをかぶってください。そのせいで思い切って投げることができませんでした」

悔しそうに言っている。

「お前も往生際が悪いな。いい加減そのプライドを捨てたらどうじゃ」

「お願いします。ヘルメットを着用してください」

「分かった、分かった、気の済むようにしちゃろう。本当に面倒な奴じゃ」

そう言うと傍にいた部員からヘルメットを受け取り、葉桜は四度目のバッターボックスに立った。

小さな体にぶかぶかのヘルメット、それにだぶついたユニフォームを合わせると、まるでプロ野球のマスコットガールがファンサービスで打席に入っているように見える。

しかし佐藤にとっては忌々《いまいま》しい女でしかない。葉桜をチラッと意味ありに見ると、これまでと同じく大きなフォームで四球目を投げた。

「あっ、危ない！」

とっさに周りから叫び声がした。彼の投じたボールが一直線に葉桜の顔に向かっているのだ。

葉桜は反射的に「うおっ！」と声を出し、間一髪でボールを避けると大きくのけぞって尻もちをついた。

「てめえ、わざとやったな！」

転んだまま佐藤を睨むが、彼はマウンド上で余裕のある表情をしている。

「いえ、つい力んで手が滑っただけで……」

しかし、そこまで言いかかって血相を変えた。起き上がった葉桜が、そのままバットを上段に振りかざして突進してきたからだ。

「うわっ！」

思わず佐藤は両手で頭をかばった。次の瞬間「ボムッ」と鈍い音がしたかと思うと彼はマウンドにうずくまった。しかし頭ではなく下腹部を両手で押さえている。葉桜が彼の股間を蹴り上げたのだ。

「ぐぐっ……」

地獄の苦しみに悶絶する佐藤。その彼に向かって葉桜が嘲《あざけ》る。

「ふん、思い知ったか。ようも、ようも、狙ってくれたな。嫁入り前のあたいの顔に傷をつけるちゅうことは、お前のその息子が機能せんようになるくらいただならぬ事じゃ。今度やってみろ、そんなことじゃ済まさん。そいつを引っこ抜き、輪切りにして隣のポチの餌にしちゃる。分かったか」

部員たちは、思わず自分の股間を押さえた。

六

翌日放課後、実井がグランドに出てみると、部員たちはすでに全員が揃ってストレッチを行っていた。

「お願いします」

キャプテンの金森がストレッチを中断し、その場に起立して実井に挨拶をすると、他の者もそれに続いて「お願いします」と帽子をとった。

「あっ、いい、いい、そのまま続けろ」

実井の指示でストレッチを再開する。そしてそれが終わると、キャプテンの「集合」の合図で皆が実井の元に駆け寄った。

「お願いします」

改めてキャプテンが礼をすると、再び皆もこれに倣う。野球部ならではの統率が取れた礼儀作法と言える。

「今日は、みんな早々と揃って気持ちがええな」

平素は監督に任せっきりで、部員とのかかわりが希薄な実井にすれば、つい褒めてやりたくもなる。

「はいっ、昨日監督さんから、一分の重みを教えていただきましたから」

金森がハツラツとした顔で答えると、他の部員も同意を感じさせる晴れ晴れとした表情をしている。

「おお、そうか、監督が聞けば喜ぶじゃろうな。じゃが、今は業者が来て監督用のユニフォームの採寸をしとる。ちょっと遅れて来なさるので、あとで伝えとこう」

実井が満足げに全員を見回していると、佐藤のうかぬ顔が目に入った。昨日は、あのあともずっとその表情を抱えたまま練習をしていたので、気にはなっていた。さすがの佐藤も鼻を折られてしょげている、そう捉えていた。そこで励ますつもりで声を掛けてみた。

「佐藤も昨日は大変じゃったな。じゃが、こうして早く出てきとるところを見ると、今日から心機一転頑張ろうってとこかな」

ところが佐藤からは意に反した言葉が返ってきた。

「別に、どうってことないですよ。ちょっと手元が狂ってボールが逸れたくらいでカーッとなるなんて、指導者として失格でしょう。所詮、女は女ですよ。だが俺もエースですから、チームのことを考えて、今回の件は大目に見てやることにしました」

「何じゃと、お前そんな考えでおるんか?」

「それが何か?　事を荒立てでもしたら、対外試合禁止にもなりかねませんからね。俺が我慢すれば済むことでしょう」

「信じられん……他の部員は恐らく、違う受け止め方をしていると思うぞ」

「へえ、まさか打たれた腹いせに、俺がビンボールでも投げたと?　そんなこと有り得ないでしょう。相手が女なんで力を抜いて投げた、それが打たれただけです。気にもしていません――お前らも俺の実力を知っているだろ？」

佐藤が横目使いに部員たちを威嚇すると、皆は曇った表情でうつむいた。

これを見て、このままでは元のチームカラーに戻ってしまう、と実井は懸念した。

葉桜がどのような考えを持って、佐藤にあのような一連の荒療治をしたのかその真意は定かでないが、彼女の指摘が的を射ていたことは確かだった。県下屈指の投手が、ほとんど実績のないこの学園に入ってきた。これはプロ野球のドラフト会議で、競合チームがひしめく中、当たりくじを引いたようなものだ。校長はもろ手を挙げて喜び、前監督は佐藤が一年生のときから特別扱いをしてきた。それが積もり積もって、このように異常なまでの天狗を育て上げてしまったことは明らかなのだ。

何とかしなければ、と実井はキャプテンに活路を託してみた。

「お前はどう思っている？　金森」

この状況で急に名指しされ、金森は「えっ？　……いや……その……」と口ごもった。実井と佐藤の板挟みにあい、苦しい立場にあることが挙動不審な目の動きでわかる。しかし何とか頭の中を整理し、彼なりに無難な回答をした。

「……力を抜いたボールとは言え、佐藤君の球は走っていたので、僕には打てそうにありませんでした。佐藤君がどうのと言うより、打った監督さんがすごいなと思いました」

それは佐藤への忖度を含んだものだったので、実井がやや落胆気味に「ああ、なるほどな」とうなずくと、金森が続けた。

「あの監督さんは一体どんな方なんですか？」

言われてみれば、全くその辺の説明を部員にしていなかった。さりとて、実井自身も彼女の経歴については詳しく知らされていない。

「ソフトボールのオールジャパン選手じゃとは聞いとる」

実井にはこれしか言えなかった。

しかし皆がこれに「えーっ」と異常なまでの驚きを示し、口々に「オールジャパンということは、日本代表選手かよ」と目を輝かせている。

皆の反応を見て実井は気持ちが大きくなり、少し話を盛ってみたくなった。

「世界選手権やらオリンピックやら、自分たちとはスケールの違う世界で活躍していた人なんじゃ。あのバッティングを見たじゃろう、おそらく四番バッターあたりを務め、プロ野球キャンプなんかにも時々は合流しとったんじゃないかな。じゃから佐藤の球を見ても驚かず、打てると思ったのかもしれん」

「ほーっ」「どうりで……」

皆が狙い通りのリアクションをしている。佐藤さえも面食らったように激しくまばたきをしている。これを見て、しめしめとばかりにさらに盛る。

「もしかすると、プロ野球選手やプロのスカウトに知り合いがおるかもしれんな。そうなったらお前らにとっても心強いぞ。もし甲子園に出られんでも、あの人が売り込んでくれるかもしれんからなぁ」

調子に乗って、余計なことまで付加してしまった。これにより皆の目は、夢見る少年のものになっている。

そこに葉桜がやってきた。

「お前ら、ストレッチは済んだのか？」

背後からの声掛けに少し驚いた様子を見せたが、皆は一斉に振り向くと「はいっ！」とにこやかに返事をした。

すかさず実井が現状を説明する。

「今ね、全員が見違えるほど早く揃ってストレッチを済ませたので、褒めていたところなんですわ」

これを聞いた葉桜が「ほう、それは感心な事じゃ」と賛辞を贈ったので、部員たちの表情は、苦手な食べ物を克服して父親に褒められている児童のような、誇らしげなものに変わった。

　しかし葉桜にその余韻はない。すぐに表情を引き締めて指示を出す。

「それじゃ、ランニング開始！」

　これに戸惑うこともなく、皆は「はいっ！」と快活な返事をし、二列の隊列を作ってランニングを始めた。

「いっち、にぃ、いちにぃ緑豊」

　キャプテンを先頭に掛け声も軽やかだ。

　隊列が遠ざかっていくのを確認して、実井は葉桜に話しかけた。

「さっき、部員からあなたの経歴を聞かれましてな、オールジャパンの選手だと言ったら、みんな驚いとりました」

　自分の手柄を売り込まずにはいられない。しかし葉桜は大して関心がないようだ。

「そうですか」とそっけない。

　そこで「佐藤までもが、少し感心しとったように見えましたぞ」これならどうだ、と付け加えた。

　だが「佐藤……ねぇ」聞いているのか葉桜の視線は隊列に向いている。

「これで彼が変わってくれれば、あんたの気持ちも報われるじゃろうがなぁ」

実井は葉桜の胸懐に寄り添ったつもりだった。だが葉桜に訊き返された。

「私の気持ちって？」

「じゃから、変なプライドを捨てて、本物にしたいと願うあんたの心内じゃが」

実井とすれば、葉桜のよき理解者になり得ているという自負をアピールしたつもりだった。しかし葉桜にはどこ吹く風だ。

「そんな考えはありません。目につく奴がおる。それが我慢できないだけです。私は一国一城の主《あるじ》。奴らはしもべ。従わん者は容赦せん。それだけのことです。今後も態度が変わらないようなら、奴はお払い箱です」

「本気ですか？」

「指導者は天下無双、それが私の信条です。それから私の経歴も不要です。ここに立っている私の存在そのものが奴らにとっては全てであり、それ以上飾る必要はありません。過去の実績を鎧《よろい》にして身を包もうなんて、そんな偶像、邪魔になるだけです」

せっかくの厚意が、まるで破砕機に掛けられたブロックのように粉々にされた。実井の中には虚しさを超えて、少なからずムッとした感情が生まれた。

しかし葉桜には彼の胸中など汲む様子も見られない。会話中も視線は相変わらずランニングをしている部員に向いている。腕組みをしたまま、まるで囚人を監視しているような鋭い目つきだ。そしてトラックを一周して戻ってきたとき、隊列を止めた。

「この中に足並みが揃っていない奴がいる。先頭から四番目の二人だ。前に出ろ」

指名された二人は互いに顔を見合わせると、不安な表情で言われるままに葉桜の前に出た。

「ふ〜ん、岩谷と藤原か……三年生にもなって、ランニングもまともにできんのか。何のために掛け声を出していると思う？　野球はチームワークが大切じゃ。一糸乱れず足並みを揃えることができん奴は、チームプレーもできんじゃろう。お前らは故意にチームを乱そうとしているのか、それとも単にリズム感がないのかどちらじゃ？」

二人はうろたえている。

「どっちかって、訊いとんじゃろが！」

葉桜が怒鳴った。これに反応し、体をビクンと震わせたあと岩谷が答えた。

「すみませんでした。さっき部長さんが監督さんのことを、オールジャパンの選手だったと言われたもので、つい無駄話をしてしまいました」

しかし葉桜は跳ね返す。

「それじゃ答えになっていない。お前らは故意にチームの和を乱そうとしているのか、それともリズム感がないのか、そのどちらかと訊いとるんじゃ」

「あっ、いえ、どちらでもないです」

岩谷が慌てる。しかし葉桜はこれも跳ね返す。

「あたいは中途半端が大嫌いなんじゃ。白か黒かはっきりせい。チームワークを乱そうとしとんか、リズム感がないのか、どっちじゃ？」

「あ……それじゃ、リズム感がない方でお願いします」

岩谷が肩をすくめて軽く頭を下げた。

「なんだそうか。それならそうと最初からそう言え。ならば仕方ないか——それじゃお前はどっちじゃ？」

言われて藤原も肩をすくめた。

「す、すみません。僕も同じです。リズム感がありません」

「ふ〜ん、仕方ないなぁ」

葉桜が納得するようにうなずいたのを見て、二人はホッとした表情をした。だがそれもつかの間のこと、葉桜は二人に、捨てられた子犬でも見るかのような憐れみの視線を浴びせながら言った。

「二人にはリズム感を養うところから始めてもらうしかないなぁ……。岩谷はここから右に三〇歩、藤原はここから左に三〇歩進んだところに立って向かい合え。そして互いに聞こえるように大きな声で校歌を歌え。あたいがここで聞いていて、少しでも二人の歌がずれたらやり直しじゃ。甲子園に出るつもりなら三番まで覚えているじゃろう。全部歌い切れるまでやる。それじゃ開始！」

これを聞いて二人は「えっ？」「えっ？」とおたおたしている。他の部員は後ろでクスクス笑っている。

「何じゃ？　言葉を理解する能力も不足しとんか？　それじゃ、もう一つ課題を加えるかな……」

葉桜が小首をかしげて考えるそぶりを始めたので、これ以上の難題は勘弁して欲しいとばかりに、慌てて二人は承諾した。

早速、歩数を数えながら両サイドに進む二人。そして三〇歩いったところで立ち止まって振り返ったので、葉桜が右手を挙げて合図を出した。

「よっし、始め！」

これを受けて岩谷が歌い始める。

♪　ああ新生のあけぼのに……

ところが藤原の歌い出しが遅れた。

「やり直し！」

葉桜が容赦なくダメ出しをしたので、再び岩谷は最初から歌い始めた。

♪　ああ新生の……

だが、やはり藤原が遅れた。

「やり直し」

またもや葉桜のダメ出しだ。そして岩谷に向かって言った。

「お前より、藤原の方が深刻なリズム感の欠如のようじゃ。ここはチームメイトとして思いやりが必要じゃ。お前、歌い出すとき『藤原君、行きますよ、さんはい』と合図をしてやれ」

この指示を聞いた時点では、他の部員もその内容に違和感を持っていなかった。しかし日頃呼び捨てにしているダチに対して、高三の岩谷が真顔で小学生のような丁寧な言葉づかいで呼びかけをするのだ。実際に始めると、その馬鹿さ加減がおかしい。

「藤原君、行きますよ、さんはい」

岩谷が言うと、一人がプーッと吹き出した。途端、触発され皆が大笑いした。

六〇メートル近く離れた二人の真ん中での笑い声だ、歌声はかき消され、二人に互いの声が聞こえるはずがない。校歌は中断した。

ここで葉桜が注意した。

「みんな、笑うでない。二人の成功を見守ってやれ。それがチームメイトというもんじゃ――それじゃもう一回最初からじゃ。やれ！」

岩谷と藤原は必死だ。岩谷が再び合図を出す。

「藤原君、行きますよ、さんはい」

何とか笑いを我慢しようと、口に力を込めてつぐんでいた部員たちだったが、我慢しようとすればするほどおかしさがこみあげてくる。また一人がプーッと吹き出した。たちまち、ダムが決壊したように皆も笑い崩れた。腹まで抱えて大笑いしている者もいる。歌は中断、またやり直しだ。

これを何度も繰り返すので、いつまでも終わりが見えない。岩谷と藤原は困り果てて泣きそうな表情をしている。

そして幾度目のやり直しだったのだろう、岩谷が「藤原君、行きますよ、さんはい」と合図を出した時、それまで一緒に笑っていたキャプテンの金森が、笑みを浮かべつつも一緒に歌い始めた。すると他の部員たちも、仕方ないなぁ、と付き合った。このため野球部全員による大合唱が始まった。

全員が誇らしげに、大空に向かって声を張り上げている。その友情に、壮観な姿に、実井は胸を打たれていた。そして歌い終わったとき思わず拍手した。

「素晴らしい。みんな素晴らしいぞ。これがチームワークというもんじゃ。みんなで甲子園に出て、校歌を合唱できるとええのう」

年のせいなのか、目頭まで熱くしている。

これに気を良くした部員たちは、満足感に浸った表情で葉桜に目をやった。彼女が何と評してくれるだろう、そんな期待を込めた目だ。

しかし葉桜の感想は冷めたものだった。

「つまらん。大して見せしめにならなんだな」

部員たちがこの言葉をどう受け止めたかは定かでないが、これを機に、練習後にグランド整備が終わると、皆でホームプレートの後方に並んで校歌を大合唱することが習慣になった。

七

葉桜の指導によりダッシュの形態が変わった。いや、形態と言うより位置づけと言った方が的確なのかもしれない。

これまでは怪我の防止や、ボールを触るまでの準備運動を目的とするウォーミングアップの一環で行っていたダッシュだったのだが、これを練習の基軸に置き換えようというのだ。

葉桜は部員を前に、緑豊学園野球部の弱点を指摘した。

この野球部が勝てない原因は、佐藤に対して萎縮しているだけではなく、上の学年を抜こうとする下からの突き上げがないために、三年の尻に火が点いていないことにもある。その上にバッティングがあまりにもお粗末すぎるため、とてもではないがヒットを連ねて勝てるチームにはなれそうにない。

そこで打ち出したのが二つの方針だ。一つは学年の枠を超えたレギュラーの人選。そしてもう一つは機動力中心の攻撃。

これを告げられた部員たちは、ためらうことなく快諾した。皆の前に立っているのはキャピキャピした女の子などではなく、判断力と行動力を兼ね備えた鬼のような指導者なのだ。

「ようし、それじゃ早速お前らの走力を階級分けするとしようか」

そう言うと葉桜は全員を一列に並べ、前から四人ずつ区切って隊列を作らせた。

「今から四人一組で四〇メートルのダッシュ競走をする。一番遅かった者は次のダッシュ時に一つ後ろの組に落とされると思え。逆に一番速かった者は一つ前の組に上がる。これを一〇回繰り返せば足の速い者が上位に、遅い者は下位に固まることになる」

こうしてダッシュが始まった。これまで行っていた形だけのものと違い、一本一本が全力疾走だ。これまで先輩に遠慮していた一、二年生も、佐藤でさえ牛耳った葉桜の下では安心して自力が出せる。その効果があり、ダッシュを繰り返すたびに見る見る各学年がシャッフルされていった。

一〇本を走り終えた。皆がゼイゼイと荒い息をしてその場に座り込んでいると、葉桜が用意していた手提げ袋の中から金色の腕章を取り出した。

「トップの四人はこれを付けて、このあとの練習に臨め」

クリップで簡単に取り付けることのできる腕章だ。受け取ると、四人とも嬉しそうにすぐ左腕にはめた。

「次の四人はこれじゃ」

渡されたのは銀色の腕章だった。これを受け取った四人も顔がほころんでいる。

こうして四人ごとに金、銀、紫、藍、青、緑、黄、橙、赤の九色に分けた腕章が渡された。

　上位の者が得意げに腕章を付けているのに対し、下位に行くほどその表情は険しくなり、赤の腕章を受け取った者に至っては血色さえ失せている。

「どうじゃ、最下位の腕章をもらった者、その感想は？　悔しいじゃろう。屈辱じゃろう。機動力を生かしたチームを作るとなると、今のままじゃレギュラーはほど遠いぞ」

　辛そうにしている部員を、さらにいたぶっている。まるでサディストだ。隣にいる実井はいたたまれない面持ちで彼らを見ている。

「これが現実じゃ。白球を追って青春を謳歌している、などとたわ言をほざく前に、己の立ち位置を知れ！　プロが存在する限り、野球は食うか食われるかの厳しい世界に通じとる。夢を見るのは布団の中だけにしろ。ひとたびグランドに足を踏み込んだらもうそこは戦場、甘い考えは捨てて生き残ることだけ目指してもがくんじゃ」

　そう言いながら、葉桜の目が上位の部員に向いた。

「もちろんこれで全てが決まる訳なかろう。いくら足が速くても、打てない、守れないでは野球にならんからな――」

　迫力のある口調に、今まで口角を上げて聞いていた上位の者が固唾を飲んだ。

「――これはスタートにすぎん。これからお前らを希望ポジション別に集め、その中でエラーや貧打、それに指示の見落としなどポカがあるたびに腕章を交換してレギュラーを競ってもらう。今日は最初なので一通り体験してもらうつもりじゃ。練習試合を含めた対外試合では、その時、その時に上位の腕章を付けている者を優先して使う。従って、もし自分のポジションに金や銀が固まっていて出番がないと判断したら、早目に他のポジションに移って守備練習をすることじゃ」

このあと実際に部員たちがポジション別に集まってみると、随分偏りがあることが判明した。センターとサードに上位の腕章が多く、逆にセカンドとキャッチャーには少ない。

ここで佐藤が質問した。

「このままだと、俺は試合に出られないってことですか?」

ピッチャー希望は四人いた。佐藤の腕章は青色で、まだその上に銀と藍がいるため三番目なのだ。

「当たり前じゃ。分かり切ったことを訊くな」

葉桜が顔をしかめると、佐藤が食らいついた。

「ソフトをやっていたにしては野球が分かっていませんね。ベースボールにおいてピッチャーは特別な存在です。プロ野球のドラフトを見ても分かるでしょう、ほとんどのチームがピッチャーを一番指名している。優れたピッチャーは野手の何倍もの価値があるんですよ。同じ方法で選別されたんじゃかないません」

　しかし葉桜はげんなりした表情を見せた。

「勘違い男がまたほざいとる。ピッチャーも野手の一人じゃろう。大した力もないのに、ようも平気でそんな大口が叩けるもんじゃ。聞いとって恥ずかしいわ」

「な……何を……」

　佐藤は両こぶしを固く握ってわなわなと震えた。

「そりゃ一流と呼ばれている選手に比べれば見劣りするかも知れませんが、俺は普通のプロ野球選手程度の力くらいなら持っているつもりです」

「あん？　お前もしかして、プロの選手と肩を並べていると思っているのか？」

「彼らも元は素人ではないですか。俺だって仲間に恵まれていれば、同じくらいの実績を残すことができます」

「ははは、ここまで来るとおめでたいな。聞いとって憐れになるわ」

「俺を愚弄《ぐろう》する気ですか？」

「お前がプロの選手を愚弄しとんじゃろが。今のままじゃと、どうせお前が投げても勝てりゃせん。今のお前に必要なことは、余計なプライドを捨てて、みんなに受け入れられることじゃ。何ならそのチャンスをやろうか？」

「チャンス？」

「そうチャンスじゃ。勝ちたいんじゃろ？　そうじゃなぁ……」ここで葉桜は腕組みをして周囲を見渡した。そして思いついたように言った。

「セミになってみろ」

「セミ？　何ですか、それ？」

「簡単な事じゃ。あの桜の木にしがみついて、ミ〜ン、ミ〜ンて鳴くだけじゃ」

「な……そんな馬鹿げた真似やる訳ないでしょ」

「じゃろうな。それがお前じゃ。せっかくチャンスをやったのに」

「何がチャンスですか、ふざけないでください。誰だってそんな事、しませんよ」

「分かってないな。そのプライドが他の者を寄せ付けんのじゃ。それじゃ試しに誰か指名してみろ。きっとそいつはセミになるぞ。ここにおる誰もが、あたいの言っている意味を理解しとるはずじゃ」

「分かってないのはあなたの方です。あなたは傲慢すぎる。みんなが何でも命令に従うと思ったら大間違いです」

「ほほう、じゃあ試しに誰か指名してみろ」

「マジですか……」

そう言うと、佐藤はぐるっと周囲を見回して、三年生の一人を指名した。常に自分の女房役としてキャッチャーを務めている清水だ。彼はウォーミングアップ時のキャッチボールのパートナーでもある。

「えっ、僕かぁ……参ったなぁ」

清水は頭を掻いている。これを見て佐藤はフフンと鼻で笑った。

「どうですか監督さん。思い上がりもいい加減にした方が……」

言いかけると、清水はトコトコと小走りに移動し、桜の木に抱きついて「こんな感じですかね」と言うと、ミ～ン、ミ～ンと鳴き始めた。

「ば、馬鹿な……」

佐藤は口を開いたまま唖然としている。

「ほらな、あたいの言った通りじゃろが。罰ゲームでもないのに、なぜあいつがセミになったかお前に分かるか？」

葉桜に指摘され、佐藤の視線は清水から離れた。

「それくらい分かりますよ。レギュラーになりたいがために、あなたに媚を売っているんです。がっかりもいいところだ。あんなに情けない奴だとは思いませんでした」

「本当にお前は憐れな奴じゃな。自分のパートナーでさえ信用できんのか。あいつはお前に目を覚ましてもらいたいと思っているからこそ、恥を忍んであんな真似をしとるんじゃ。周りを見てみろ、校歌のときと違って誰一人あいつを笑う者がおらんじゃろう。みんなあいつの、お前を思う気持ちを理解して痛々しいと思いながら見とるんじゃ」

「俺のため？　冗談でしょ、全く意味が分かりません」

「もうええ、これ以上お前と話し合っても時間の無駄じゃ。とにかくマウンドに立ちたいなら、自力で勝ち取れ」

「ええ、よく分かりました。どうせみんな雑魚です。この中で一番になればいいんでしょう。すぐに抜いてみせますよ」

佐藤は憮然とした表情で葉桜に背を向けた。

八

キャッチボールの時間が来ると、葉桜は全員を集めてトランプを引かせた。いつもであれば同学年、気の合う者同士でキャッチボールをやっているのだが、クラブとハート、スペードとダイヤの同じ数字の者がペアにされた。

一分間の肩慣らしが終わるといよいよキャッチボールの競争だ。以前行ったように一〇往復を終えたペアから座っていく。全員で一八ペア、これをゴールした順に六ペアずつA・B・Cの三階級に区切り、同一ポジションを競う者の間にAとBのような優劣が生じれば腕章の交換となる。相手に恵まれる者とそうでない者の差を軽減するために、一回ごとにトランプを引き、ペアを替えてこれを二度行った。

次はワンバウンドを入れたキャッチボールだ。これもペアを替えて二度行った。

そのあとは三人組によるキャッチボールだった。一番手の者が二番手を飛ばして七〇メートル先の三番手に遠投する。これはワンバウンドになっても良い。三番手はそれをキャッチすると二番手に投げ、二番手は振り向いて一番手に返す。これは五往復だ。全部で一二組、これをゴール順に三階級に分け、やはり優劣があれば同一ポジション内で腕章を交換した。

一番手、二番手、三番手の役柄を変えるので、三人組はやや時間がかかったが、それでもキャッチボール競争は三〇分以内に収まり、その間に腕章は目まぐるしく交換された。

この時点で佐藤の腕章は上がったり下がったりを繰り返し、結局青色のままだった。せっかくの剛腕を誇りながら、思うようにならないときは他人を責めるため、それがプレッシャーをかけてチームメイトのミスを誘発したためだ。

佐藤は爆発寸前だった。投手だけで競うコントロールや球速部門があればたちまち逆転できる、焦燥感の中でそれを自分に言い聞かせて、精神のバランスを保っていた。

ところが次に待ち受けていたのはノックだった。

「内野のシートノックをやる。外野手は突っ立っとくだけじゃもったいないので、内野のこぼれ球を拾う者と走者に分かれろ。まずはノーアウトランナーなし、打者走者を演じる者は、あたいが打ったら一塁まで駆け抜けろ。内野手は二回連続でエラーをした者だけが腕章を交換することにする。従って、ミスを恐れず積極的にボールに手を出せ」

葉桜が内容を説明すると、佐藤が異議を申し出た。

「最初からシートノックですか？　普通、ある程度一人一人がノックをこなした後にやるものでしょう。いつもなら、その間に俺たちはピッチング練習をしていますよ」

これを聞いた葉桜はしかめっ面だ。

「最初に言ったじゃろうが、今日は階級別に色分けしたばかりじゃから、一通り腕章の交換を体験してもらう。いちいちつまらん口出しをするな」

頭ごなしの語勢にムッとした表情をしながらも、佐藤はポジションについた。

「ピッチャーが投げる格好をしたらノックするぞ。それぞれ一番上の色の者から守備に入れ。そんで一回の守備機会をこなすごとに入れ替われ。ただしエラーした者はやり直しじゃ」

こうしてシートノックが始まった。

実井は葉桜のノックを見て感心していた。キャッチャーから後ろ手でボールを受け取ると、ソフトボールに比べて一回り小さな硬球をいとも簡単に細いノック用バットに当て、強烈な打球を飛ばしている。

「こらっサード、もう一本じゃ」

エラーした者に、先ほどとほぼ同じバウンドのボールを送っている。

「なぜ声を出さん。今のはセカンドが回り込むボールじゃろう。もう一本じゃ」
一、二塁間に上がった小フライを再現までしている。これを見て、部員たちまでもがその技術に驚いている。実井はその時思った——確かに彼女が言う通りだ。オールジャパンの肩書なんか必要なかったな。
そして何度目かの佐藤の守備機会にトラブルが起きた。それは葉桜がサードとピッチャーの間に、ボテボテのゴロを転がした時のことだった。

サードが思いっきり前にダッシュしてそのボールを捕球し、軽快に一塁に投げた。

これを見て葉桜が怒鳴った。

「こらっ！　なぜピッチャーが全く動かんのじゃ」

しかし佐藤は動じない。涼しい顔で平然と言った。

「今のは明らかにサードのボールでしょう。あんなものにまで反応して動いていたら、体力が消耗して九回まで持ちません」

「はん？　今までもそうしてきたのか？」

「もちろんです。チームのことを一番に考えてのことですよ」

「お前がチームのことを考えているって？」

「そうですよ。俺が崩れると、もうこのチームは終わりですからね」

料金受取人払郵便

新宿局承認

2523

差出有効期間
2025年3月
31日まで

（切手不要）

郵便はがき

160-8791

141

東京都新宿区新宿1－10－1

（株）文芸社

愛読者カード係 行

ふりがな お名前		明治 大正 昭和 平成	年生 歳
ふりがな ご住所	□□□-□□□□	性別 男・女	
お電話番号	（書籍ご注文の際に必要です）	ご職業	
E-mail			
ご購読雑誌（複数可）		ご購読新聞	新聞

最近読んでおもしろかった本や今後、とりあげてほしいテーマをお教えください。

ご自分の研究成果や経験、お考え等を出版してみたいというお気持ちはありますか。

ある　　ない　　内容・テーマ（　　　　　　　　　　　　）

現在完成した作品をお持ちですか。

ある　　ない　　ジャンル・原稿量（　　　　　　　　　　　　）

書　名			
お買上 書　店	都道 府県　　市区 郡	書店名	書店
		ご購入日	年　月　日

本書をどこでお知りになりましたか?
1.書店店頭　2.知人にすすめられて　3.インターネット(サイト名　)
4.DMハガキ　5.広告、記事を見て(新聞、雑誌名　)

上の質問に関連して、ご購入の決め手となったのは?
1.タイトル　2.著者　3.内容　4.カバーデザイン　5.帯
その他ご自由にお書きください。
(　)

本書についてのご意見、ご感想をお聞かせください。
①内容について

②カバー、タイトル、帯について

弊社Webサイトからもご意見、ご感想をお寄せいただけます。

ご協力ありがとうございました。
※お寄せいただいたご意見、ご感想は新聞広告等で匿名にて使わせていただくことがあります。
※お客様の個人情報は、小社からの連絡のみに使用します。社外に提供することは一切ありません。

■書籍のご注文は、お近くの書店または、ブックサービス(0120-29-9625)、セブンネットショッピング(http://7net.omni7.jp/)にお申し込み下さい。

「それはチームを思ってのことじゃなく、疲れることが嫌なので楽をしたいだけじゃろう。いいか、ピッチャーというのはフィールドの中心にいるんじゃ。じゃから、もし見るからに俊敏な動きをして、フィールディングのよさそうなピッチャーがいると、相手はバント作戦が使いにくくなる。逆に、お前のように動かんピッチャーがおると、相手は余計転がしてくるぞ。今まで執拗にバントされて負けた経験はなかったか？」

「……それは、俺のボールが打てないのでバントが多いだけです」

佐藤の目が泳いだ。明らかに動揺している。これを見て葉桜がフッと口元を緩めた。

「なんじゃ、思い当たるようじゃな。それでもそんな受け止め方しかできんとは、本当にめでたい奴じゃ。第一、そんな動けないピッチャーをプロのスカウトが欲しがる訳ないじゃろう」

「プロに入れば動きますよ。中継ぎや抑えのピッチャーがいるので、完投する必要はありませんからね。とにかくこのチームは打てないし、代わりのピッチャーもいません。俺が最後まで投げ抜くしかないんです」

「お前、いよいよチームメイトを信用しとらんな。その自信はどこから来るんじゃ、あきれるわ。さあもう一回チャンスをやる。今のゴロに反応してみろ」

しかし佐藤は投球の構えをしない。

「どうした、お前が投げる格好をせんと始まらんぞ」

葉桜が促す。だが動かない。

「いよいよつまらん奴じゃな」

葉桜が吐き捨てるように言った。これを聞いてついに佐藤が爆発した。

「あんたこそ何様のつもりなんだ、女のくせして。みんなはレギュラーになりたくてあんたに媚びているんだろうが、俺はそうはいかない。それこそ俺にはプライドってものがあるんだ。ピッチャーがプライドをなくしたら終わりだろう。だいたい俺ばかりを目の敵にしているが、なんでこんな雑魚の中で俺が恥をかかなくっちゃならないんだ。俺は俺なりに、ずっと我慢してこいつらに付き合ってきたんだ。少しでも勝てているのは俺のお陰なんだ。とにかく俺に命令するな。頭ごなしに命令されるのが一番嫌いなんだ」

言った後でハアハアと荒い息をしている。

「言いたいことはそれだけか？　――」葉桜が冷淡な視線を送った。「――本当に憐れな奴じゃな」

「またそれか、めでたいだとか憐れだとか、人を侮辱するのもたいがいにしろ。俺はこんなゴミのようなチームで埋もれていく選手じゃないんだ。あんたにはそれが分かっていない」

「このチームはゴミか？」

「ああそうだ、俺から言わせればレベルが低すぎるんだよ」

「しかし、その中でもお前は下位にいる。お前もゴミの仲間じゃろう」

「それはあんたが勝手に押し付けたルールの中でのことだ。俺の知ったこっちゃない」

「お前にはこの世界が全然理解できてないようじゃな。高校野球では監督が絶対なんじゃ。前にも言ったが、あたいが白だと言ったら黒いものも白になる。あたいに逆らう限りお前の出番はないと思え！　レギュラーになりたかったら、地べたに這いつくばってでもゴロを取りに行こうとする姿を見せろ。それ以外は認めん」

「くそーっ、やってられるか」

佐藤はグローブをマウンドにたたきつけると、その場を去っていった。

「どうしましょう、いいんですか？」

キャッチャーの清水が葉桜に駆け寄った。

「あんな奴、ほっとくしかなかろう。それともお前が連れ戻すのか？」

「あっ……いえ……」

清水はうつむいた。これを見て葉桜はフィールド内に振り直った。

「つまらんことに付き合わせて、時間の無駄使いをしちまったな。さあ練習の再開じゃ。ここはゴミだめ、お前らは雑魚じゃ。ここから一日も早く抜け出して、華やかな世界で活躍するぞ！」

「はいっ！」

一斉に大きな声が返ってきた。

第二章　常識破り

一

佐藤との一件があった翌日、葉桜と実井は校長に呼ばれた。

二人揃って校長室に入ってみると、校長の向かいのソファには中年の女性が座っていた。年の頃で言えば四〇代半ば、パーマのかかった短い茶髪で、紺系統のブラウスにグレーのカーディガンをまとい、ベージュのガウチョパンツを穿いている。

二人がソファに近づくと座ったままで校長が紹介した。

「こちら野球部の三年生、佐藤修大君のお母さんです」

言い終わるや、その女性は顔を上げ、葉桜を見るなり目を丸くした。

「えっ、この方が新たに就任した女性監督ですか？」

この表情の意味は分からないが、とりあえず葉桜と実井は自己紹介をし、指示のままに校長の左並びに腰を掛けた。母親は尚も物珍しげな眼差しで、はす向かいに座っている葉桜をじろじろと見ている。

構わず校長が口火を切った。

「実井先生はご存知かと思いますが、こちらはこの一帯にチェーン店を展開されている『スーパー鶴藤』のオーナーでもいらっしゃいます。地元の企業ということで、雇用面でも経済面でもこの地域に多大な貢献をされていることは、今更申し上げるまでもありません。その上、我が校にも毎年多額の寄付をしていただき、備品等においても随分とお世話になっています」

実井はやや不安そうな表情で「はあ」と返事をして続けた。「これまでもたびたび野球の試合会場に足を運んでいただきましたので、よく存じ上げています。毎回、毎回差し入れをいただき、選手も喜んでいます」

「そうでしょう、そうでしょう——」校長は顔をほころばせた。「——こうして佐藤さんが野球部に特別目を掛けてくださっているのは、言うまでもありません、修大君が活躍されていらっしゃるからです。その点は理解していますよね?」

「は、はい」

校長の言わんとするところが分かり、実井は目を伏せた。

校長は尚も続ける。

「あなたは理解できていても、葉桜先生は就任されたばかりです。やはり、そこはあなたが気をつけて差し上げないと。私の言っている意味が分かっていますよね？」

「ええ……」

実井は頭を垂れ、完全に恐縮している。

「そういうことなのですよ、葉桜先生」

校長は実井の向こうにいる葉桜に目をやった。十分に意が伝わっただろう、と言わんばかりのしたり顔だ。だが蛙の面に小便とはこのことか、葉桜は「あら、どういうことでしょう？」と受け流す。この態度を見て、校長の表情が怪訝そうなものに変わった。

「あなたね……実井先生がこうして遺憾の様相を示していらっしゃるのです、あなただって心当たりはあるでしょう」

「えーっ、心当たりですかぁ？　特には思い出せないんですけどぉ」

この返答に母親が立腹した。

「そんな訳ないでしょう。うちの修ちゃんが『新しく来た女監督に侮辱され、レギュラーからも外された』って家の中で物に当たり散らしていましたよ」

「えーっ、そんなぁ、身に覚えないですよ――実井先生、ずっと一緒に練習を見ていましたよねぇ。私が佐藤君に対して『レギュラーから外す』なんてこと言いました？」

「あ……いや、確かにそこまでは……彼の勘違いだと思いますが……」

これを聞いて、さらに母親はヒートアップした。

「勘違いであそこまでキレるはずないでしょ！」

「そう言われても思い当たりませ～ん。具体的にどんなこと言っていたか教えていただけないでしょうか？」

葉桜は相変わらずケロッとしている。

「荒れていて手が付けられない状態だったので、私も詳しくは聞き取れなかったんですが『セミになれ』と言ったんじゃありません？」

「あらら、それはやっぱり彼の思い込み違いですよ、お母さん。私はね、佐藤君がみんなにとって近寄りがたいくらいの選手になっているので、セミの真似でもすれば親近感がわくかもしれないわね、ってアドバイスしたんですよ。押し付けた訳じゃありません。だから修大君がやらなくても、私が彼を責めることもありませんでしたよ」

「それじゃ『地べたに這いつくばれ』というのは？　生徒に土下座を強要するなんて許されないことです。完全にパワハラです」

「まあ、何を言うかと思えばそれですか。あきれましたわ」

「あきれましたって……そんなことでは誤魔化されませんよ。言ったのか、言わなかったのかはっきりしてちょうだい」

「はっきりするも何も、私があきれたって言ったのは、あきれて釈明する気にもならないっていう意味ですわ。それこそ勘違いです、そうは思いませんか、実井先生？」

「えっ？　ええ、そうですな。転がるボールに向かっていく姿勢を示しただけで、そこは佐藤さんの勘違いです」

ようやく葉桜に分のある内容がでてきた、と実井はやや落ち着きを取り戻してうなずいた。

だが母親にとっては逆効果だった。優位に立てると思って切り出した言葉が否定され、面目が立たない。さらにむきになる。

「んまぁ、そんなはずはありません。修ちゃんは『侮辱しやがって』とも言っていました。関連して何か馬鹿にするようなことを言ったはずです」

これに葉桜が「えーっ、一体どの言葉を指しているのでしょう？」と、とぼけた顔をしたものだから、母親はいよいよけんか腰だ。

「全く思い当たらないとでも言うのですか？」

目を吊り上げ、口をとがらせている。

こうなると、葉桜の出方が想像できるだけに実井としても頭が痛い——大の大人を相手に、高校生のように口八丁、手八丁で丸め込めるものか。弁解めいた発言は火に油を注ぐだけじゃ。ここは人生の先輩としてワシが出なければ——真摯に謝罪するつもりになっていた。だが、次に彼が耳にしたのは、葉桜の信じられない発言だった。

「それがぁ……いっぱいありすぎて分からないんですぅ。『仲間の気持ちを汲むことができない憐れな奴』と言ったことでしょうか、それとも『勘違い男』とか『めでたい奴』でしょうか。『大したピッチャーでもないのに』とも言ったかな。あとは……他にも何か言いましたっけ？　実井先生、覚えています？」

まさか自分からそれを言うか——実井はあきれた顔をして葉桜を見た。

母親はカンカンだ。

「何てことを！　うちの修ちゃんはね、小学生のときソフトボール投げで岡山県の学童記録を塗り替えたんですのよ。ピッチャーとしてリトルで活躍を続け、小・中と県の代表で全国大会にも出場しましたわ。高校進学の際は、たくさんの誘いを受けながらお断りをしました。この緑豊学園が新設され、特待制度を設けて全国から優秀な選手を集めるとおっしゃるから、地元でもあるし、甲子園初出場となれば、伝統校よりも修ちゃんが脚光を浴びると思ってこちらに進学したんですの。それをまあ『大したピッチャーでもない』ですって？　勝てないのは他の選手のせいでしょ、ろくな選手が集まってこないじゃないですか。父親も嘆いておりますのよ。今回監督が変わると聞いて期待しておりましたらこの有様です。ソフトの元オールジャパン選手か何か知りませんが、あなたを見てびっくりしましたわ。いかつい方ならいざ知らず、こんなお嬢さんだとは思いませんでした。しかも軽薄ときている。部員がみんなそっぽを向くのも分かりますよ。修ちゃんが怒りを爆発させるはずです」

下手をすると管理責任にまで飛び火しかねない内容に、校長があたふたしていると、葉桜が何食わぬ顔で言った。

「あらぁ、他の部員は私の下で頑張っていますよ。ついてこられないのはあなたの息子さんだけです。それに私が何か間違ったこと言いましたっけ？　他の監督でも、選手に発破をかけるためにそれくらいのことは言うでしょ？　それとも私が女性だから許されないのですか？」

あまりの大胆さにあっけにとられていた校長だったが、その前で母親が「く～……」と悔しそうに顔を歪めたので、慌てて割って入った。

「は、葉桜先生、いい加減にしなさい。佐藤さんに対して失礼ですよ。我々は教育者です。教師と保護者は連携を取り合って、お子さんの健全な育成に努めなければいけません。保護者を挑発してどうするのですか」

「挑発したつもりはありませ〜ん。私は聞かれたことに対して真実を述べたままでで〜す。何か問題があるとすれば、それはこちらの息子さんの方でしょう。いい機会です、ここはお母さんも冷静になって、私と一緒に修大君の将来について考えませんこと？」

「んまぁ、まだそんなことを……」

母親の顔は真っ赤だ。

「教師としての品格も指導力もないくせに、何ですかその上から目線は。もう我慢できません、校長、即刻この人を首にしてください。さもなくば、修ちゃんを転校させます」

「そ、それは困りますよ佐藤さん——」校長は困惑している。「——それに、高体連には規定がありまして、転校した場合、半年は対外試合に出ることができません。そうなると修大君は夏の大会に出ることさえできなくなり、プロへの夢も閉ざされますよ」

「じゃあ首にしなさい、今すぐ、この場で、このでき損ないを」

これを聞いて葉桜が頭を掻いた。

「でき損ないですかぁ、それこそ暴言ですわね、お母さん。私は息子さんを他の部員と一緒に扱いたいだけですよぉ。それに納得がいかず私の首を要求するなんて、それは横暴というものでーす。そんなことで首にされたら、私、不当解雇で訴えちゃいますよ」

「おい、君！　いくらなんでも口が過ぎるぞ。わきまえなさい！」

校長が厳しい口調で叱責した。しかし葉桜は悪びれもせず涼しい顔をしている。

「だってぇ、この人が理不尽な事をおっしゃるんですもの」

これを聞いていよいよ母親の怒りは頂点に達した。その場に立ち上がると捲し立てるように言った。

「もう我慢できません。これは修ちゃんが表沙汰にするなと言ったので伏せていたのですが、この女は修ちゃんに暴行を働いたんですよ。下腹部を蹴られたと言っていました。どうなの、とぼけるつもり？　もしそれが本当なら体罰でしょ。れっきとした解雇の理由になるはずです」

「ええっ、それは本当ですか？　葉桜先生」

校長の血相が変わった。それでも葉桜は動じない。

「まあ、何を言うかと思えば、そんなちっちゃなことを、本当に残念な息子さんですこと」

「残念ですって？　暴力を振るっておきながら何て言い草なんでしょ。指導力がない教師ほど、暴力で生徒を服従させようとするものです。あなたは教師失格です」

「これは参っちゃいましたね。仕方ありません、実井先生、申し訳ありませんがお母さんをグランドまでお連れしてください」

「どうしようと？」

唐突な葉桜の申し出に、実井が首をかしげた。

「こうなれば私の実力を見ていただくしかないでしょう。その上で、私に指導者としての資格があるかないか判断していただくことにします」

これには校長もあきれ顔だ。

「何を的外れな事を言っているのですか。そんな問題ではないでしょう」

しかし葉桜はさらりと言った。

「あら、修大君以上に、私は自分の技術に自信を持っておりますのよ。それを見ていただければ、私が彼のことを未熟者呼ばわりした理由を、お母さんにも納得いただけると思いますけどね」

そう言って葉桜が母親に流し目を送ると、母親はさらに目を吊り上げた。

「まあ、どこまでも失礼な……あなたのような小娘にうちの修ちゃんが劣るはずないでしょ！」

「そのうぬぼれが彼を駄目にしているんですよ。世の中、もっと広いってこと知っていただくしかありませんね」

「よくもまあいけしゃあしゃあと……いいでしょう、あなたのその実力がどの程度のものかじっくりと拝見させていただきます。その上で、あなたを首にしてもらいます。いいですわね、校長」

「えっ、いくら何でもそれで解雇は……」

校長が逡巡していると、葉桜が胸を張ってきっぱり言った。

「私はそれで構いませんよ」

だが校長はまだ戸惑っている。

「しかし判断するのは佐藤さんですよ。この方が認めなければあなたは退職することになる。どう考えても結果は歴然としているではないですか」

「大丈夫です。私は修大君のような張子の虎と違って本物ですから、自信がありますもの」

「正気ですか……自信があるとかないとか、今はそのような事を言っている場合ではないでしょう」

校長は見るからに困っている様子だ。そしてぽつりと本音を漏らした。

「まだ後任が見つかってもいないのに……」

二

グランドには校長と実井、佐藤の母親、それに事情を知って事務長が駆けつけていた。事務長は、葉桜の後任探しが進んでいない現状を危惧しているのだ。

快晴で無風、野球をするには絶好のコンディションなのかもしれないが、四月とはいえ日差しはきつい。この中にじっと立っている者にとっての一〇分は、随分と長く感じられた。

そんなところに葉桜が出てきた。例によってだぶだぶのユニフォームに身を包んでいる。母親がこれを見て甲高く言った。

「まあ、何て格好なんでしょ。軽薄さをさらに際立たせているじゃありませんか。あれで部員を指導しようなんて、そりゃついてくる者なんかいるはずありませんわ」

葉桜にとって不利な条件の上にこの台詞だ、見かねて実井がかばった。

「いやぁ、あれは前監督のものを着用しとるんですわ。先日採寸したばかりなので、まだ彼女用のユニフォームが間に合っておりませんのじゃ」

「あらそうでしたの。それじゃ一刻も早く業者に連絡をして、キャンセルなさった方が良いのではないでしょうか。もう必要なくなるでしょうから、お金をドブに捨てることになりますわよ」

「えっ……まあ、そうですかな……」

実井は、結果を決めつけている母親に対して葉桜を不憫に思ったが、何も言い返せずにうなだれた。

そのような会話内容など知る由もなく、葉桜は両手に提げてきた道具ケースをフィールド外に置くと「さあ行きますか」と準備運動を始めた。

これを見て母親が含み笑いをした。

「ふふふ、滑稽ですわね。うちの修ちゃんのことをとやかく言う前に、彼女の方こそ憐れじゃありませんこと？　自分の行く末も分かっていらっしゃらない。あの格好で体を動かしていると、まるでピエロに見えますわね」

誰も相槌を打つ者はない。葉桜の身を案ずる者、また後任探しに頭を痛める者、学校関係者にとって、断末魔のささやきにしか思えない。

「さあ、これでよし」

そう言うと葉桜は体操を止め、ホームベースに移動してそこからマウンドに向かって歩測を始めた。

「この辺ね」

葉桜が歩を止めたのは盛り上がったマウンドの手前だった。どうやらソフトボールのピッチャーの立ち位置を測っていたようだ。スパイクのかかと部分を使ってプレートの直線を引いている。

それが終わると、先ほどの道具ケースからグローブとソフトボールを取り出し、母親のところに行ってそのボールを持たせた。

「どうですか、思ったよりも硬いでしょ。それに重い。私たちも体を張ってこのボールに食らいついているんです。強烈なボールが当たると相当痛いですよ。現役のころは体中あざだらけでした」

葉桜が説明すると母親は鼻で笑った。

「ふふん、今更頑張ってきたアピールですか、しょうもない。野球の硬球の方がどんなに硬いか。まるで石なのよ」

「まあそうですけどね。どうですか、一度バッターボックスに立ってみては？」

「なぜ私がそんなことしなければならないんですの？」

「野球とは違って、ソフトがどんなにピッチャーを近く感じるか知っていただきたいんです」

「そんなこと知ってどうするんですか。第一、ここから見れば分かります。確かに野球よりも近いですわね。でも下手投げでしょ。どうってことないじゃありませんか」

「そう思うのが素人です。遠くから見るのと、実際立ってみるのとでは臨場感が違います。是非立ってみてください」

葉桜の執拗な誘いを断り切れず、母親はバッターボックスに立った。

「どうですか、思ったよりもピッチャーを近くに感じませんか？」

葉桜が、先ほど足で描いたピッチャープレートに立って母親に声を掛けると、母親も「ええ、まあそうですわね」と認容した。

「それじゃ、行きますよ」

ここで葉桜は胸の前に両手を止めると、ボールを持った右手を下方から大きく後方に引いた。

「えっ、えっ、何?」

母親がドギマギしているが葉桜は素知らぬ顔だ。そのまま大きく右腕を旋回させると「エイッ」とばかりに腰のところでボールをリリースした。ボールはゴーッとうなりをたて、一瞬のうちにホームプレートの上を抜け、バックネットを支えているコンクリートまで達した。

あまりのスピード感に、母親は「キャーッ」と腰を引き、そのままの勢いで尻もちをついた。何が起きたのか混乱しているのだろう、すぐには立ち上がろうしない。コンクリートから跳ね返ったボールを見ている。

「これがウインドミルっていう投げ方なんですよ。どうですか、迫力があるでしょう。私の正規のポジションはショートなんですよ。それでもこれだけのボールを投げることができるんです、驚きましたか?」

葉桜が言うも、母親からは何も返ってこない。まだショックから抜けきることができず、口を開いたままだ。

「どうやら分かっていただいたようですね」

葉桜がプレートを離れようとすると、地面に尻をつけたまま母親がようやく言葉を発した。

「そ、それがどうしたというのですか。急にこんなことされてびっくりしただけのことじゃないですか。こんなことであなたの評価がひっくり返るとでも思って？」

「でも威力はあったでしょ？　きっと野球のプレートから投げる修大君の威力を上回っているはずです」

「何を馬鹿なことを……うちの修ちゃんに比べたら、大したことないじゃありませんか」

「本当にそう思っているんですか？」

「もちろんです。修ちゃんの方が断然威力がまさっています」

「へえ……でもコントロールは私の方が確かでしょ？　にわかピッチャーなのに、ストライクゾーンをボールが通過しました。すごいとは思いませんか？」

「何を言っているんですか、そんなことアピールしても無駄です。それも修ちゃんの方が上です。針をも通すコントロールと言われているんですから」

「それは買いかぶり過ぎでしょう」

「そんなことありません、ピカ一です。県内で右に出る者はいませんわ」

「そうは思えませんね。特に動揺した時なんか、どこに投げるか分からないところがあるように思われますよ」

「失礼な！　全国大会にも出て活躍してきたんですよ。どんな精神状態に置かれても、コントロールが乱れることはありません」

「絶対に、ですか？」

「絶対に、です」

「あなたもしつこいわね。絶対に絶対です」

これを聞いて葉桜はにんまりした。

「実井先生、今のお母さんの言葉聞きましたよね」

実井は半信半疑な表情で「ええ、まあ」と答えた。

「校長先生も聞きましたよね」

葉桜が振ると、校長も不思議そうな顔をして答えた。

「はい……聞きましたよ。それが何か？」

「実は先日、バッターボックスに立って修大君のボールを打ち返したんです。この私がですよ。三球投げて三球ともクリーンヒットです」

葉桜のこの言葉に、聞き捨てならないと母親が反論した。

「それは修ちゃんが手を抜いたんでしょう。あなたのような者に本気で投げる訳ありませんもの」

「修大君もそんなことを言っていました」

「ほら、そうでしょ。あなたに修ちゃんの全力投球が打てるはずありませんわ」

「そのあと彼が言ったんです、私にヘルメットを被れ、と。ヘルメットをしていないから全力で投げることができないって」

「それが何か？　万が一のことを考えたんでしょ」

「コントロールに自信があるなら、別にヘルメットなんかなくても投げ込めるでしょ……まあ、それは置いとくとして、とりあえず私は彼の要望通りヘルメットを被りました。そのあとどうなったと思いますか？」

「そりゃ修ちゃんが思いっきり投げたんでしょうね」

「その通りです、お母さん。ところがね、彼が思いっきり投げたボールは私の顔面に向かってきたんですよ、一直線に。これってどう考えます？」

「そんな……きっと力んで手元が狂ったんですわ」

「あら、おかしなことをおっしゃるんですね。さっきは、どんなことがあってもコントロールが乱れることはないって言っていましたよ」

「いえ、その……他の部員たちも見ていたんでしょ？　緊張してボールが上ずることくらいありますよ」

「へ～、さすがお母さん。自分の息子が可愛いばかりにかばうんですね」

「そんなつもりはありません。あの子に限って故意にぶつけるだなんて……」

母親はやや狼狽しながらも、こんなことを言っている。これを聞いて葉桜の表情が豹変した。

「いい加減にしろよな、この親馬鹿が！　あたいはもうちょっとで殺されるところだったんだぞ。あんたは言ったよな、硬球は石のように硬いって。それにこうも言った、あたいのボールよりも息子のボールの方が断然威力があるって。つまり、あんたがそこで体感したよりも速くて硬いボールが、あたいの顔めがけて飛んできたんじゃ。明らかにあんたの息子があたいの顔を狙ったとしか思えないじゃろが。針をも通すコントロールは動揺しても乱れない、これもあんたがその口で言ったんじゃからな。あんたは認めたんじゃ、自分の息子が殺人を犯そうとしたことを。あたいが避けることができなければ、あんたの息子は人殺しになっとった。頭にきたからあたいがあんたの息子の股間を蹴ったんじゃ。体罰で訴えられるものなら訴えてみろ。あたいは殺人未遂であんたの息子を訴えてやる」

葉桜の乱暴な言葉遣い、そして思いもよらない内容に、母親はへたり込んだままわなわなと震えている。

「どうした、何か言い返せるものなら言い返してみろ」

葉桜が執拗に迫ると、母親が弱々しい声で言った。

「でも、そのう……ヘルメットを着用していたんでしょう？　ボールが当たっても死ぬことはないと思います。殺人は言い過ぎでしょう……」

「ほほう、どうやら、あたいを狙ったということは認めたようじゃな。でもその危険性はまだ分かっていないようじゃ。それじゃ今度は、ヘルメットを被っていれば本当に安全なのか検証してもらおうか」

「えっ？　ど、どうするんですか？」

母親は怯えている。

「簡単な事よ、あんたにヘルメットを着けてもらった上でもう一度そこに立ってもらう。そんであたいは野球の硬球を思いっきり投げ込む。先に断っておくが、硬球をウインドミルで投げたことは一度もないけんな。それこそあんたの顔に向かっていっても、それはコントロールミスじゃ、恨むなよ」

そう言うと、葉桜はスタスタと道具ケースまで歩いて行き、その中からヘルメットを取り出した。そして「おい葉桜先生、それはやり過ぎですよ」と忠告する校長を無視して、まだ地べたに座り込んでいる母親のところに行った。

「さあ、被ってもらおうか」

「冗談でしょ？」

「あん？　これが冗談に思えるのか？　あたいが言っていることが大袈裟なのかどうなのか、身をもって体験してもらわんと、あんたには判ってもらえそうにない。今後クレームをつけられんためにも、中途半端に終わらすことはできん。さあこれを被って立て！」

母親は泣きそうな表情だ。周囲で見ている者もおろおろしている。

「さあ、どうした！」

葉桜が尚も迫るとその勢いに押され、母親は無言でうなだれた。

「あんたとこの息子がやったことが、どれほど非常識なことだか分かったか！　これからは息子の言うことを何でもかんでも鵜呑みにしないことじゃな。今日の部活に息子が来たら折檻《せっかん》じゃ。きっとこの件を持ち出したあんたのことを恨むじゃろな。その時は出しゃばったことを思い知れ！」

葉桜はそう言い残すと、転がっているボールを拾って道具ケースに向かった。これを見てすかさず校長と事務長が母親に駆け寄った。

「佐藤さん、大丈夫ですか？」

　母親はしばらくうなだれていたが、葉桜が遠く離れていく後ろ姿を横目で確認すると、ぼそっと言った。

「何なんですの、あれ……野蛮極まりない。教員失格でしょ」

「ええ、おっしゃる通りです――」校長は相槌を打った。そして彼なりに引っ込みの付かない母親の胸中を慮った。

「――しかしですね、校内事情で今すぐには辞めさせることができません。代員が見つかり次第対処致しますので、今回は何とか大目に見てやってください」

「ふん、本当に何様のつもりかしら。でも校長がそうおっしゃるのなら仕方ありません、今回だけはあなたの顔を立ててましょう」

「有難うございます」

　校長と事務長は何度も頭を下げた。

三

二日後、地元新聞紙の記者が、野球部を取材したいと来校した。ソフトボールの元オールジャパン選手が監督をすると聞いてやってきたと言うのだが、実井は葉桜に警戒するよう耳打ちした。一昨日のこともある、佐藤の親は地元の名士として顔が利くので、葉桜のあら探しを目的によこされた可能性があるのだ。

確かにありうる話だった。あれ以降佐藤は部に顔を出していない。このままでは高校生活最後の公式戦となる夏季大会への出場が危ぶまれる。あれほど熱の高い母親がみすみすそれを放っておくとは考え難く、葉桜の失脚を狙って謀略を巡そうとしていることは、十分に考えられることなのだ。

しかし葉桜は、自分を世間にアピールするチャンスだと楽観的に構えている。実井にとっては、彼女の奔放さも気になるところだ。

「井原・笠岡地域を担当している木杉悟です。本日は急な申し入れを引き受けていただきまして有難うございます」

男性記者が実井に名刺を差し出した。グレーのスーツに濃紺のネクタイ、身長は一七五程度、中肉中背で細面に度の薄そうな眼鏡を掛けている。これを見て実井の横で葉桜がはしゃいだ。

「まあ、随分お若い記者さんでいらっしゃるのね、感激だわ。葉桜キメクで〜す。きらめくキメクと覚えてね」

「えっ、こちらの方は？」

木杉が慮外な顔をしている。

「ああ、これが監督をしている葉桜です」

実井が懐疑的な目をして紹介した。葉桜に対する疑心の目だ――このトーン……すでに演技が始まっている……。

「へえ、意外と華奢《きゃしゃ》な方なんですね……あっと失礼。元オールジャパンの選手と聞いて、もっとがっちりとした体型の人を想像していたもので」

「皆さんにそう言われるんですよぉ。それだけに私の苦労が分かっていただけまっすぅ？　ソフトの指導ならまだしも野球でしょ、血気盛んな高校球児が相手なので、ここだけの話、内心ビクビクしながらやっているんですよぉ。毎日が苦悩の連続でっすぅ」

「あ……そうなんですか――」

木杉の表情からは、彼女のしゃべり方に対するあきれ感が読み取れる。だがそこはプロ、彼はそれに触れることなく言葉をつないだ。

「――でも、私が聞いている内容と少し違いますね」

「まあ、どんな風にお聞きになっていらっしゃるの？」

「それがそのう……乱暴な言葉使いで、手荒なことも辞さないと……」

「いやだわ、そりゃこんな上品な言葉使いばかりではありませんよ。何せみんなを統率しなければなりませんものね。見くびられたら終わり、そう思って無理をしているだけでっすぅ。手荒な事なんて、こんな私にできると思いますぅ？」

「いや、まあ、確かに――」木杉は苦笑した。「――それでは、いつも通りの練習風景を見学させてください。それから合間を見て部員の皆さんからも色々と聞いてみたいのですが、構わないでしょうか？」

「ええ、もちろんでっすぅ」

何の躊躇もなく葉桜が部員へのインタビューを承諾した。これを見て、実井は思わず手を組んで神に祈った――どうか彼女のボロが出ませんように。

ストレッチが終わり、部員たちが集合したところで葉桜は木杉を紹介した。

「普段通りの練習を見たいとおっしゃるので、君たちはいつものように活動すればいいからね」

　葉桜のこの言葉使いを聞いて「君たちだってよ」と言いたげな表情で、部員たちは顔を見合わせている。

「それから、君たちへのインタビューも希望されているから、その時は分かっているわね。思っていることを素直に答えればいいのよ！」

　言い終わる寸前に、葉桜の目がにこやかなものから鋭いものに変わった。これによって圧を加えていることは部員たちに伝わったようだ。皆、こわばった笑顔を返している。

　ランニングのあとダッシュが始まると、葉桜はその指導に就いた。この時、木杉が実井に訊いてきた。

「今、部員の皆さんが葉桜監督から受け取った腕章には、一体どのような意味があるのでしょう？」

「あれですか――」

　ここで実井が、晴れがましい顔で葉桜の取り組みを説明すると「へえ、変わったことをやっていますね」と木杉はそのアイデアに好意を示してくれた。

実井としてもここがアピールどころだ。

「そうでしょう。ダッシュ一本とっても手が抜けません。彼女が来てからというもの、部員の動き自体もきびきびしたものに変わりましたわい」

葉桜を認めさせようと躍起だ。だが、伝わっているのか「ふ～ん」と木杉は遠い目をしている。

キャッチボールの競争が始まった。例によってトランプによるペアが組まれると、一人だけ相手のいない者が突っ立っている。

「あの部員は？」

木杉が目ざとく訊いてきた。

「ああ、あれかな……今日は一人欠席しとりますんで、相手のいないカードを引いたんじゃろな。二人組の競争なのでこの回は休み、二回目は入れますわ」

「その部員はなぜ欠席したのですか？」

「妙な質問ですな。いつも全員が揃うとは限らんでしょ。体調がすぐれんこともあれば、所要を抱えとる者もおります。不思議はないでしょう」

「これだけ競争心をあおる練習をしていれば、簡単な事では休まないと思うのですが？」

「う～ん」実井は唸りながら腕組みをした。そして「あんた、何を吹き込まれてうちの部を探りに来たんかな？」と核心を突いた質問を投げかけた。

　これを聞いて「別に」と一度は口を濁しかけた木杉だったが、実井の真剣な視線に誤魔化しきれないと悟ったようだ、内部事情を話してくれた。

「小学校のころから神童と呼ばれている選手が、この中にいるのでしょう？　それが現在は休んでいるそうじゃないですか。『真相を確かめて来い、記事になるかもしれない』と編集長に指示されたんですよ」

「やっぱりそうか……」実井は口惜しそうにため息をついた。

「彼女は、そりゃあなたに対して少し猫を被っとるところはありますけどな、本気でこの野球部を強くしたいと頑張っとります。今日休んどる佐藤はそのやり方が気に入らんでのう、勝手につむじを曲げて来とらんのです。幼いころから乳母日傘で育てられてきたもんで、少し我儘な面がありましてな、真っすぐな彼女と相反するところがあるんですよ」

「でも、監督風を吹かせてパワハラ的な行為もあるのでは？」

「それは誤解じゃ。他の監督がやっとる程度の発破をかけとるだけです」

「ふ～ん。でも同僚のあなたが言っても説得力はありません。申し訳ないですが、私はジャーナリストとして真実を我が社に持って帰りたいと思っています」

こんな木杉の言葉に反論もできず、実井は、そうですか、と神妙な顔で遠方の葉桜を見つめた。

三人組のキャッチボールが終わると、次はトスバッティングが始まった。

「あれは？」

木杉が不思議がるのも無理はない。部員たちが打っているのは硬式テニスのボールなのだ。

「彼女がね、一人ずつトスバッティングをするのは効率が悪いと言い出しまして、本校のテニス部から廃棄されるボールをもらい受けてきたんですわ。これなら一度に何人打ちっ放しても、守る側に危険性がないでしょ。御覧の通り、打つ者、トスする者、後ろで素振りする者、内外野でボールを拾う者が交互に役目を交代するので九打席作れます。一人が打席に入ると内角低め、内角高め、外角低め、外角高め、そしてど真ん中の五コースをそれぞれ三球ずつ打ち分けとります。格段にバットを振るチャンスが増え、その上に彼女の的確なアドバイスによって、部員たちのレベルがみるみる上がってきとります」

実井の言葉を裏付けるように、葉桜は打席に入った部員の後ろに立ち「もっと脇を締めてコンパクトに振り抜かなきゃ内角低めは打てないでしょ」などと助言している。

内容もさることながら、この丁寧な言葉遣いに実井はホッと胸をなでおろした。

「これで、現在発注しとるピッチングゲージとフェンスが揃えば、ライナーやゴロはそこで遮断されて、ピッチャーと内野手を保護することができるようになります。そうなれば硬球を使ったフリーバッティングも、このやり方を取り入れるようですわ。バッティングマシンを入れると五打席は作れそうですからな」

実井は得意顔で言った。しかし木杉にとって、その内容には関心が薄いようだ。

「素振りをしている部員を捕まえて、色々話を伺っても構いませんか？」

やはり真相の調査、そこに意識が行っている。

「ワシも同行しましょう」

実井が言うも「ここにいてください。部員の忌憚のない言葉が聞きたいのです」と跳ね返された。

ベンチで見る限り、木杉は故意に葉桜から離れた場所の部員を捕まえて、根掘り葉掘り聞き出しているようだ。実井はやきもきしながら座っているしかなかった。

トスバッティングが終わり、バント練習が始まると木杉はまた実井の隣に戻ってきた。

実井はこれまでと同じように練習内容の解説をするのだが、部員からの聞き取りを終えた後の、木杉のやや満足げな表情が何を意味しているのか気になって仕方ない。彼への説明もしどろもどろだ。

「バントは守備に危険性がないので、御覧の通り一度に五打席設定できます。彼女はこうして安全を第一に考えとりまして……一〇球バントして左右のサークルにいくつ入れるかで得点を競います。サークルはファーストラインとサードラインを意味しとりまして……得点差で腕章が交換されます」

「そうですか」

理解できたのか、木杉はうなずいた。

そしてバント練習の次に葉桜のノックが始まった。

「ナイス、サード!」

葉桜が珍しく部員に褒め言葉を投げかけている。まだ木杉を意識しているようだ。

しばらく見ているうちに木杉が言った。

「さすが元オールジャパンの選手、ノックがうまいですね」

突然口をついて出た彼の感想に、実井の胸は躍った。

「あなたにもそれが分かりますか?」

「ええ、部員がミスするたびにほぼ同じボールを送っていますものね。それにゴロやライナーは飛びついて取れるか取れないか、きわどい場所にコントロールしています」

「そ、そうでしょ。そうなんですよ。部員たちの守備もここ数日で格段に上達しております」

実井は喜びを隠し切れず、声が少し上ずった。しかし次の瞬間、一転して身が凍る思いをした。葉桜の怒号が飛んだのだ。

「こらっ、何しとんじゃボケ！　セカンドは体がグローブじゃといつも言うとろうが！　前に落としさえすりゃ一塁はアウト。サードにランナーがおってもホームには返って来れん。分かっとんか。体張れ、体！　チームのためにあざの一つも作ってみぃ」

熱が入るあまり、彼女が本性を出したのだ。

「あ、あれは……その……」

かばいたいが突然の出来事に気が動転している。顔からは汗が噴き出し、実井はパニック状態だ。

これを見て木杉は「ははは」と高笑いをした。

「大丈夫ですよ、実井先生。こんなことくらいでは記事になりません。さっき部員さんたちから話を聞いて分かりました。みんな言っていましたよ『監督は怖い』って。『口が悪い』『型破りすぎる』『やることなすことハチャメチャだ』とも言っていましたね。でもみんな満足していましたよ『練習が楽しい』『やりがいがある』『監督の愛を感じる』ってね。みんな『監督を甲子園に連れて行ってみせる』って張り切っていました。とても言わされているなんて表情ではありません、本音ですね、あれは。わずか数日でこれだけ部員の心を掴むなんて、すごい監督だと思いますよ。社に戻ったら正直にこれを報告します。恐らく記事にはできないでしょうから、編集長には叱られるかもしれませんが仕方ありませんね。逆に期待していらっしゃる葉桜監督にも申し訳ないでしょうかね。その代わりこれからもちょくちょくお邪魔して、記録を残していきたいと思っています。もし甲子園出場が叶った暁には、特集の記事が組めますからね」

「そ、そうですか……」

実井は安堵と喜びのあまり目頭を押さえた。

「このあとはどのような練習をするのですか？」

「ええっと、ですね、サーキットトレーニングが待っとります」

「それにも何か工夫があるのでしょうか？」

「腕立て、腹筋、背筋を三〇ずつ、それにタイヤ引きが一往復、ベースランニングが一周、これを二セットします。ただし金色の腕章を付けとる者の中から代表者が一人出て、監督が用意した二種類のカードをめくることになっとります。一つ目のカードは種目が記されており『腕立て』を引くと今日のスペシャルは『腕立て』になります。二つ目のカードを引くと色が示されており『青』を引くと『青』から下の腕章を付けとる者全員が、スペシャルに選ばれたトレーニングをもう一度やることになります。せっかく今日勝ち取った腕章も、明日になれば色が変わる可能性がありますからな、一応、今日は今日でその恩恵にあずからないと満足感が得られない、これも彼女のアイデアですわ。どうです、見ていかれますか？」

「是非、お願いします」

　そして全員一斉のトレーニングが終わると、実井の説明通り、金色の腕章を付けた部員が葉桜のカードを引いた。今日のスペシャルは「腹筋」だ。そして次に「緑」のカードをめくると一斉に「ワーッ」と歓声が上がった。全員が、これまでのきつい練習では見せなかった満面の笑みに包まれている。最後の罰ゲームを楽しんでいるのだ。

「緑」「黄」「橙」「赤」の腕章を付けた一三人による本日のスペシャルメニュー腹筋が

始まった。周囲の者に冷やかされながら、やっている本人たちの顔もほころんでいる。

「競争心をあおられてギスギスしているのかと思っていましたが、皆さん随分と仲がいいんですね。チームのまとまりを感じます」

木杉が感心したように言った。

そしてグランド整備が終わると、ホームベースの後方に並んで校歌の合唱が始まった。全員が誇らしげに大空に向かって声を張っている。

「いや、素晴らしい。青春って感じです、これだけでも感動しますね。突然の申し入れを受けていただきまして有難うございました。記事にはならないかもしれませんが、今日は来てよかった」

木杉のこの言葉を聞いて、葉桜が意外そうな顔をした。

「えーっ、記事にならないんですかぁ。どうして？　つまんない」

先ほど声を荒げた自覚症状がない。まだ可愛い子ぶっている。

「このチームがこれからどれほど成長するのか楽しみです。是非甲子園出場を果たしてください。その時は必ず大きく取り上げますから」

そう言い残して木杉は引き上げていった。

四

その日曜日、葉桜が監督として初めて采配を振るう練習試合が、笠岡運動公園内の市営球場で行われた。相手は福山東高校、広島県でベスト4の実力校だ。

広島県の学校を対戦相手に選んだ理由は二つある。

一つは、地理的に近いことだ。笠岡市は岡山県の最西に位置しており、広島県との県境にある。そのため、県内の強豪チームと交流するよりも近いと言える。

そしてもう一つ、実はこれが一番肝心なのだが、葉桜は独自の理論で、一風変わった戦法を考えていた。正直なところ投手陣も平凡、打撃力もパッとしない。このまま正攻法で戦っても甲子園に進めそうにないと思い、奇襲作戦を練っていたのだ。奇襲とは、相手に手の内を知られないから有効なのであって、練習試合とは言え、それをさらしてしまえば通用しなくなる。その点、県外の高校であれば予選で対戦することもない。存分に奇策を試すことができるというものだ。

一塁側スタンドには、保護者と思しき観客の姿がパラパラと見られた。

「実井先生、おはようございます」

その中から声を掛けてきたのは木杉記者だ。興味半分、仕事半分で、会社の許可を得て観戦に来たのだと言う。

その時、スタンドを見回している実井の目には、意外な人物の姿が飛び込んできた。佐藤ではないか。私服姿で、三塁側内野スタンドの芝の上に悠然と腰かけている。

早速、ダッグアウト前で相手チームの練習を観察していた葉桜に知らせると、彼女は腕組みをしたまま冷ややかな目をして言った。

「ふ〜ん、いよいよ憐れな奴ですね。俺様がいないとどんな悲惨な目に遭うか見ものだ、ってとこでしょうか」

だが、ここからが葉桜だ。すぐさまフェンス際でキャッチボールをしている選手を集めて言った。

「おいっ、佐藤が来とるそうじゃ。このチームはお前がいなくてもやっていけるってとこ、見せちゃろうで！」

「はいっ！」

何と、生徒を焚き付けることに利用しているではないか。ますますもって攻撃的な性格をしている。実井はあきれるあまり、神社の狛犬のように、あんぐりと口を開いた。

試合が始まると、緑豊学園は一回表にいきなりピンチを迎えた。二塁打を放った先頭打者を二番バッターがバントで送り、ワンアウト三塁とされたのだ。

ヒッティングで来るのかスクイズがあるのか、ここは相手監督のサインプレーとなる。三塁走者もバッターも、監督のブロックサインを確認している。当然、キャッチャーなら一緒にそれを覗き込み、相手の作戦を見破ろうと努力しなければならない。ところが緑豊学園のバッテリーは全く我関せずの様相だ。相手監督を見ようともせず、自分たちの間でサインを交わすとピッチャーは胸の前でセットした。そしてそのまま迷うことなくキャッチャーのミットめがけて投げ込んだ。

「ストライク！」

審判の手が挙がる。大胆にも、ど真ん中に直球を放り込んだのだ。

再び相手監督がサインを出す。しかし緑豊学園のバッテリーはこれも見ない。ピッチャーは同じくセットポジションからキャッチャーミットめがけて投げ込もうとした。その時、三塁走者がホームに突っ込んだ。スクイズだ。

「やられた！」

実井は思わず声を出した。しかし次の瞬間、審判はストライクを宣告し、キャッチャーは座ったままストライクゾーンでボールをキャッチすると、突っ込んできたランナーにタッチした。

「アウト！」

審判が握った右手を力強く二回振って、ランナーのアウトをアピールしている。

「えっ？　一体どうなっとんじゃ？　バッターがストライクゾーンのボールをバットに当てることさえできなんだのか？」

実井が泡を食って葉桜に訊いた。

「見ていなかったのですか？」

葉桜はニヤリといたずらっぽい顔をしている。

「あ、ああ……一瞬ランナーに気を取られて、ピッチャーから目が離れてしもうた。それに、バッターが陰になってよう見えんかった」

「そうですか……いや、そうでしょうね。見えなかったのは当たり前です。あいつは今消える魔球を投げたんですよ」

「ええっ！　そんな馬鹿な……」

実井は疑問に思って相手のベンチを見てみると、皆が自分と同じように信じられないという表情をしている。次にベンチにいる自チームの選手に目をやる。するとどうだ、皆、当たり前のような顔をして座っている。

　両チームの反応からすると、本当に消える魔球だったのか。昨日の土曜日、葉桜は今日の練習試合に備えて一日練習をしていたが、自分は所用で顔を出すことができなかった。そのわずか一日でそのような魔球が生み出せるものだろうか、マンガじゃあるまいし――実井は何とも言えぬ不可解な感触を味わっていた。

　難を逃れた緑豊学園は、そのまま三番バッターを打ち取り一回を守り切った。次は裏の攻撃だ。

　一番センターの宇佐見は、一年生の中から葉桜によって発掘された選手だった。恐らく腕章方式を導入しなければ、ここに立っていなかっただろう。打撃力は感じさせないがとにかく足が速い。その利を生かすべく、徹底的にセーフティーバント、つまり自分が生きるために、一塁方向に走りながらボールを転がす練習をさせてきた。と言うより、実井が見る限り、この選手には、その練習以外のバッティングをさせていないように思えた。

　ソフトボールではこういった選手の出塁率も高いのだろうが、塁間が広く、一塁まで遠い野球ではそうそううまくはいかないものだ。第一、どのチームの一番バッターも同じような選手を起用しているため、左バッターボックスに入る一番バッターに対しては、サードが平常より前に守っていることが多い。実井は野球界の先輩として葉桜にそうアドバイスをしたのだが、それでも彼女はその指導を止めなかった——相当頑固者だ。何を考えているのやら……。

宇佐見はたちまち二ボール、二ストライクと追い込まれた。あれほど練習していたのに二ストライクはいずれも強振してバントなど試みてもいない——こちらも何を考えているのやら……。

練習とはかけ離れた全くちぐはぐな攻撃を見て、やれやれ、と実井が落胆していると、宇佐見が三球目のストライクをセーフティーバントした。スリーバントはファウルになるとバッターが三振扱いとなるため、通常は用いないものだ。三塁手もそれを読んで、正規のポジションまで下がっていたため、慌てて前に突っ込んだのだが手遅れだった。捕球はしたものの、すでに間に合わないと判断してボールを一塁に投げることすらしなかった。こうして宇佐見は出塁を果たした。

そして二番はライトを守る田沼だ。最初に葉桜から『パラサイト』呼ばわりされ『いだてん』に格上げされた三年生である。実井があきれたことに、葉桜はブロックサインの代わりに、胸の前にバットを抱えたジェスチャーで彼にバントの指示をしている。相手チームにバントを教えているようなものだ。そのうえ宇佐見には「ピッチャーが投げたら走れ。あとはサードのランナーコーチに任せろ。手が回っていたら、一気にサードまで走れ」と声を出している。内容からしてバントエンドラン、いやこの場合ランエンドバントと表する方が適しているのかもしれない。つまり宇佐見は二塁に向かって盗塁のタイミングで走り、田沼がバントしたボールを相手が一塁に送球したら、そのまま二塁を駆け抜けて三塁に進もうというのだ。

普通はバントして、ボールが転がったのを見てランナーが二塁に進むものだ。それを考えると確かに面白い作戦ではある。ただ、奇襲と言いながら、声に出して指示をしたのでは相手にまる分かりではないか。これにも裏があるのか？　――実井にはもう訳が分からなくなっていた。

幾度も一塁にけん制球を投げた相手ピッチャーだったが、いよいよバッターに向かって投げたボールはストライクゾーンから大きく外れていた。バントを外して走者を二塁で刺そうと、キャッチャーとの間でサインが交わされウエストしたのだ。しかし宇佐見は大きくリードしたもののスタートを切らなかった。

二球目、これもウエストした。しかし宇佐見は走らなかった。これを見て実井には葉桜の作戦が読めた――ピッチャーを揺さぶり、二番の田沼を四球で出塁させようとしているんじゃな。

ところが三球目、ピッチャーが投げると同時に宇佐見は二塁に向かって走り、田沼は見事に一塁線に勢いを殺したボールを転がした。

ピッチャーがバント処理をしようと前に突っ込んでボールを摑んだとき、すでにランナーは二塁を回ろうとしていた。このまま打者をアウトにするために一塁に送球すると、ランナーは三塁に達してしまうだろう。そうなるとたちまち一アウト三塁になってしまう。そう判断したキャッチャーは、ピッチャーに向かって送球すべき場所を指示した。

「サード！」

ピッチャーはこの声を受けると、迷うことなく三塁に送球した。ところが宇佐見は二塁を回ったところで急ブレーキをかけ、地面に手をついて這いつくばるようにして止まった。そしてそのまま這うようにして二塁に戻ろうとしている。これを見た三塁手はすかさず二塁に送球した。宇佐見の右手が二塁ベースに伸びる。二塁手はボールを受けて宇佐見にタッチしようとする。きわどいタイミングだ。このタッチプレーを覗き込んだ審判が、しっかりと見極めた上で両手を水平に振った。

「セーフ」

こうして、たちまちノーアウト一、二塁が出来上がった。

「今のプレーは、全部計算通りの内容なんかな？」

実井としては訊かずにいられない。

「当然ですよ。この作戦を生かすには、ランナーが三塁を狙っていることを相手に知ってもらっておく必要があります。そして、それをいつ実行するのかは私の手の重ね方で決まるので、相手には分からないでしょうね。宇佐見はランナーコーチの指示でいつでも止まれる練習をしていました。一塁に投げていたら三塁まで走ることになっていたんですよ」

「な、なんと、見かけによらず緻密な……」

実井が驚いていると、葉桜は不気味な含み笑いをした。

「面白くなるのはこれからですよ」

三番金森が右バッターボックスに入ると、葉桜はバッターとランナーへの指示を、これも声で伝えた。

「バッターは金森じゃ、ワンヒットで二人とも帰ってこい。そのためには一塁ランナーのスタートが大事じゃ。アウトを恐れずしっかりリードをとれ！」

ランナーとバッターは帽子のつばを触り、了解の合図を出した。

ブロックサインを受けたのなら分かるが声で指示されたのだ、帽子のつばを触って暗黙の確認をし合う必要があるのか？　また何か企んでいるな——実井としても目が離せない。

一塁ランナーのリードが大きい。ピッチャーは二塁ランナーを気にしながら、二度一塁にけん制球を投げた。いずれも間一髪でセーフ、それほどに目立つリードだ。

そしていよいよバッターに向けて投球した時、金森はバントの構えをしながらもバットを引いた。大きく飛び出した一塁ランナーが慌てて塁に戻ろうとする。キャッチャーは二塁ランナーが動いていないことを確認すると一塁に送球した。その瞬間、二塁ランナーが三塁に向かって走り出した。一塁手はバントに備えて前に突っ込んでいるため、一塁のカバーに入ったのは二塁手だ。この二塁手はキャッチャーからのボールを捕球すると、一塁ランナーを無視して三塁にボールを送球した。ランナーが滑り込む。三塁手がこれにタッチする。これもきわどいタイミングだが、審判の両手が水平に広がった。

「セーフ」

何ということだ、たちまちノーアウト一、三塁を作ってしまった。

「ひ～、アウトすれすれのプレーじゃ、危険極まりない……こんな博打《ばくち》のような作戦をとる必要があるんかいな、ノーアウト一、二塁だったたんじゃぞ」

実井があきれ顔で葉桜を見ると、彼女は悠然と言った。

「試合前の練習風景を見て、二塁手は肩が弱いと見抜きました。もし一塁手の肩が弱ければ、ピッチャーが一塁にけん制球を投げたときにやっていましたよ。どのチームもキャッチャーは肩がいい。それでもホームからセカンドに投球する間に二盗を試みるんですから、それを思えば、ファーストからサードに向かって二塁手に投げさせる間に三盗させる方が、成功の確率は高いでしょ」

「あ……なるほど……じゃが一つだけもったいないことをしとるな。一塁ランナーはこの間に二塁を狙うこともできたはずじゃ」

これにも葉桜は含み笑いをした。

「一、三塁の方が、都合がいいんですよ」

ノーアウトランナー一、三塁、カウントはワンボール、ノーストライク。相手キャッチャーは葉桜を見ている。スクイズのサインを見破ろうとしているのだ。しかし彼はかえって混乱しただろう、またもや葉桜が堂々と胸の前にバットを抱えるジェスチャーをして、打者にバントの指示をしているのだ。そして打者も帽子のつばを触ってそれに応えると、即座にバントの構えをした。こうなると裏があるとしか思えない。念のために相手バッテリーは一球ウエストして様子を見てきた。しかし二人のランナーには動く気配がない。

そして次の一球、ピッチャーが投げるモーションに入った時、スタートを切ったのは一塁ランナーだった。傍目には一塁ランナーの単独盗塁に思えたが、ここで金森が一塁方向にプッシュ気味のバントを転がした。これを一塁手が捕球したとき、スタートが遅れたサードランナーはまだ本塁に向かって走っていた。一塁手はこれを見てバックホームする。このボールを捕球したキャッチャーは、後ろに身をよじらせるようにして滑り込んでくるランナーにタッチを試みる。だがランナーはそれを躱《かわ》して見事ホームインした。

「い、今のは？」

一点に湧きたつ一塁側ベンチの袖で、実井が面食らった顔をして葉桜に訊いた。

「御覧の通り、セーフティースクイズですよ。バントを確認してからランナーが本塁に突っ込むので、ボールをウエストされてバントを外されても、ランナーが刺される心配がありません」

「じゃがランナーのスタートが遅れるので、バント処理が早ければ本塁でアウトになるじゃろ。ワシから言わせればやはり危険な賭けじゃ」

「そうでしょうか。一塁手は一塁ランナーをけん制するために塁の近くまで下がっています。その正面に深いバントをすればピッチャーが処理できず、ファーストが出てくるしかありません。捕球するまでに少し時間がかかりますよね。バントが転がったことを確認してからランナーが突っ込んでも、かなりの確率で成功すると考えたんです。それに、ボールをバックホームしてくれたお陰で、他のランナーは全員生きたでしょう」

確かにそうだった。早くスタートを切った一塁ランナーは三塁まで達している。つまり、再びノーアウトランナー一、三塁になっているのだ。

これを確認した実井が「もしかすると、もう一度同じことを？」と半疑な目をして訊くと、葉桜が笑いながら言った。

「ははは……相手が無能なら、エンドレスで点が入り続けますね。でもそうはさせてくれないでしょう。それにサードランナーの田沼は足が速いですが、金森はそれほどでもありませんしね」

そう言いながら、四番打者の清水にも一塁方向にセーフティースクイズをやらせ、これも成功した。これで二点目だ。さすがに一塁ランナーだった金森は三塁まで行けなかったが、打者も生きているので、これでノーアウト一、二塁となった。

そのあと五番セカンド谷口が送りバントでランナー二、三塁を作ると、今度は正規のスクイズでもう一点を追加した。

これで二アウトランナー三塁だ。ここで足の速い六番のファースト笹村が、意表をつき三球目のストライクを狙ってセーフティーバントスクイズを試みた。フェアであれば成功していたかもしれないが、転がしたボールはファウルラインを外に切れたのでアウトになった。

ダッグアウトにバツが悪そうに戻ってきた笹村に、葉桜が確認するように言った。

「笹はこれでワンペナルティ、二つやったら交代じゃ、分かっとるな」

葉桜にしては肝要な声掛け、そう実井には感じられたが、笹村は「は、はい……」と沈んだ表情をしている。仕方のないことだ、他の者がことごとく計算通りの活躍を果たした中で、一人だけ思うようなプレーができなかったのだ。

ところがどうしたことか、すかさず葉桜の怒鳴り声がした。

「なんじゃその情けないしょげた顔は！」笹村に言っているのだ。

「くそー、見返してやる、って気持ちは起きんのか？　そんな奴は即交代じゃ。これは喧嘩だと思え。やられたらやり返す。倒されたら相手にしがみついてでも引きずり下ろす。そんな執念を感じさせる奴しか、あたいは使わんからな」

そう言うと、葉桜は選手の交代を告げるためにダッグアウトを出ようとした。その時「おい笹」とベンチからキャプテン金森が囁いた。同時に皆が笹村に、行け！　行け！　と手振りをしている。笹村はうなずくと、葉桜に駆け寄って彼女の右手にしがみついた。

「行けます！　必ずこの失敗を取り返してみせます。もう一度チャンスをください」

これを受けた葉桜は、笹村に冷たい視線を浴びせた。

「何じゃこの手は？　相手にしがみついて引きずり降ろせと言っとるんじゃ。それともあたいに気でもあるんか？」

「やらせてください。絶対、俺を使ってよかったと思えるプレーをしてみせますから」

「ふ～ん、そんなに言うんなら、お前の根性を見せてもらおうか」

「はいっ！」

笹村は嬉しそうに返事をすると、ミットを手にしてさっそうと一塁に駆けて行った。

この数日で、部員たちは葉桜との付き合い方を会得したようだ。いや逆に、葉桜が部員を意のままに操っているのかもしれない――実井にはそう思えた。

とにかくバントだけで三点も取った。葉桜は「やっぱり足の速い奴ばかりを並べるべきじゃった。もう二、三点は取れたな」と言っているが、最初のセーフティーバントを除けば犠牲バントばかりだ。しかも相手チームが大きなミスをした訳でもない。実井とすれば、長年野球に携わっている者として、有り得ない出来事を目の当たりにして驚いている。

五

緑豊学園の守備の動きは、他に類を見ないほどきびきびしたものだった。これまでの彼らは佐藤に見下され、失敗をするたびに舌打ちされたので、それがプレッシャーとなって思い切ったプレーができなかった。ところが今はファインプレーをすれば失策は帳消しになるし、失策をしていなければあとあとの貯金になる。この差は大きい。葉桜の方針は彼らのやる気を掻き立てた。

守備に就くと皆が声を出している。

「バッチ来い！　バッチ来い！」

バッターに対して、自分のところに打って来い、と言っているのだ。それも、どうせならとび切り難しいボールが飛んで来い、皆そう願っていた。

ファウルフライが上がると、スタンドに飛び込むと分かっているボールにさえ、フェンスに激突してこれを捕りに行く姿勢を見せた。ゴロが転がると内野手は積極的に前に突っ込み、完全に間を抜ける当たりにもあきらめずに飛びつこうとした。浅くヒット性の外野フライが上がれば、外野手の一人は必ずそれを捕球しようと前に飛び込み、もう一人が後ろにカバーに入った。皆が死にもの狂いでプレーしている姿は、とても練習試合とは思えない。相手チームの選手たちは、そこまでするか、とあまりにも派手なパフォーマンスにやや引き気味だ。

しかし、それよりなにより相手選手がげんなりしたことがある。それは緑豊学園のバント攻撃だ。とりわけ辟易とした表情をしているのはピッチャーだ。一時的な揺さぶりであれば我慢できるのだが、とにかくモーションに入るたびにバントの構えをしてくる。一回裏の攻撃があまりにもセンセーショナルだったため、スリーバントまで警戒しなければならない。それに前に転がすのではなく、ラインぎりぎりを狙ったバントばかりなのでファウルも多く、ダッシュする距離も回数も半端ない。一球投げるごとにそれを繰り返すため、三回が終わった時には肩で息をするようになり、見かねた相手監督は早々とピッチャーを代えなければならなかった。

そして四回の攻防を迎えた。

緑豊学園はここまでに二点取られていた。二回に一点、三回に一点、いずれもヒットを連ねたものだ。やはり佐藤の存在が大きく、これまで他のピッチャーは育てられていないと言える。それでも得点は三対二、一回裏に相手をかく乱して奪った得点は光っていた。

この回、相手先頭打者がいきなりセンター前にクリーンヒットを放ち、盗塁と送りバントで一アウトランナー三塁になった。同点のチャンスを迎えてバッターボックスに立つのは八番バッターだ。スクイズの公算が高い。

実井は一回のスクイズ阻止のあと、ずっと考えていた——本当に消える魔球なるものを投げることができるなら、なぜ二回、三回のピンチの折にそれを投げなかったのか。もしかすると今回がそのチャンスかもしれない。今度こそ見逃してなるものか。

相手監督が胸や耳、帽子のつばなどをせわしなく触り、複雑なブロックサインを選手に送っている。だが緑豊学園のバッテリーは、一回同様、関心なさそうに両者間でサインを交換すると、早々と投球のセットに入っている。まるでスクイズなど頭にないようなしぐさだ。ところが投球動作に入った瞬間に、三塁ランナーは本塁に向かってダッシュを始めた。

来た！　初球スクイズだ！　——実井が身を乗り出して注目していると、次の瞬間、とんでもないことが起きた。ボールは確かにストライクゾーンに構えているキャッチャーのミットに投げ込まれたのだが、バッターはそれにバットを出すこともできなかったのだ。

突っ込んできたランナーは慌ててブレーキをかけるが、止まりきることができなかったため、そのままホームベースの手前でキャッチャーにタッチされた。

「アウト」

主審の右手が高々と挙がった。

これを見て、一回には静かだった緑豊学園のベンチが、今度は「やったー」と沸き立っている。

「何と、これが消える魔球の正体なんかな……もしかすると、一回のスクイズでもこれを？」

驚きを隠せない実井、確認しないではいられない。

これにフィールド内に目をやったまま、葉桜が他人事のような答え方をした。

「そのようですわね」

「そのようですって……」実井はそう切り出したものの、すぐには次の言葉が出てこない。少し間を置き、頭を整理しながら言った。

「じゃが、パスボールのリスクがある」

ここで初めて葉桜の顔が実井に向いた。その表情はすましている。

「覚悟の上です。でもウエストしてもそれは同じでしょう。それにランナーの動きを見てからウエストしたのでは、キャッチャーが捕球できませんし、サインプレーで大きくウエストした場合、ホームスチールされる恐れもあります。その点、ボールはキャッチャーミットめがけて来るので、こちらの方がサインなしでもキャッチャーが捕りやすいでしょ」

「ま、まあそうじゃが……しかしワンバウンドとは……」

そう、ピッチャーが投じたボールは、ホームプレートの手前でバウンドしたのだ。バッターにとってみれば、丁度バントをする位置でボールが接地するので、当てることが難しい。いや、当てるどころか、あまりにも想定外なボールなため、ついボールを見逃してしまうのだ。

これまでの経験則から、実井とすればまだ納得できた訳ではない。なおも食い下がる。

「ランナーによっては、走るそぶりから三塁に帰塁する者もおる。何度もワンバウンド投球を見せると、使えなくなるじゃろう」

だが葉桜は平然としている。

「それは御覧になった通りです。セットポジションからの投球にしては、ピッチャーが随分とゆったりしたモーションで投げたでしょ。完全に走るか、走らないかを見極めてからボールをリリースしたんです」

「あっ、そうか、それで一回の場面では、こんなにゆっくりしたモーションではランナーが突っ込んできてしまうんじゃないかと心配になって、ピッチャーから目が離れたんじゃったな……よくもまあ、こんなことを……うちの選手が一回に成功しながら今回のようにはしゃがなかったのも、偶然の出来事に思わせるための芝居じゃったのか……」

「そうですわね。さすがに二回目ともなれば誤魔化す必要もありません。一試合で二回も最大のピンチにアウトが取れたんですもの万々歳ですわ。スクイズ上等、みんなうちの餌食にしてやる！　おーほっほっほ」

葉桜は大胆に笑った。まるで女王様だ。実井は、ただ、ただ、あっけにとられていた。

ピンチの後にチャンスありと言うが、四回裏、今度は緑豊学園の攻撃に、まさにその機会が訪れた。交代したばかりの相手ピッチャーは、バントの揺さぶり作戦に四苦八苦し、先頭打者に四球を与えたのだ。一回に続いて緑豊学園側にとってノーアウトでランナーを出したことになる。

例によって葉桜がバントのジェスチャーをしたあと、ランナーに走るよう声を出して指示をしている。

またバントエンドランをやるつもりじゃな。同じ作戦が通用するものじゃろうか——実井としても興味津々と言ったところだ。

二度、一塁にけん制球を投げた後、ピッチャーは打者に向けて投球をした。一回裏ではウエストしたのだが、今回のボールはストライクゾーンに向かっている。ランナーはスタートを切っていない。この時、三塁手とピッチャーが思いっきり前にダッシュしてきた。早めにバントを捕球することができれば、一回のような目に遭わなくて済むと考えたのだろう。ところが打者はこれを見送った。

ここで珍しく葉桜がブロックサインを出した。打者もランナーも帽子のつばを触って了解の合図を出している。そして二球目を投じたとき、今度は打者がこれをプッシュバントして、突っ込んでくる三塁手の後方に小フライを落とした。三塁手は勢い余ってすぐには止まることができず、この当たりはポテンヒットとなった。またもやノーアウトで一、二塁を作り上げたことになる。

「これももちろん、計算通り……かな？」

実井が訊くと、葉桜は余裕の表情をしている。

「当然ですよ。一回の攻撃が伏線になっています。相手の守備はそれを封じる動きをしてくるに違いありません。その動きを確認した上で逆手にとったんです」

「じゃが、小フライを三塁手がキャッチするとダブルプレーになる恐れがある」

「だから一塁ランナーは走らなかったでしょう。もしフライをキャッチされていれば一塁に戻っていました」

「なるほど……」

同じ指示に思えたが選手には伝わっていたのか――実井は恐れいっていた。

葉桜が再び一塁ランナーに早いスタートを切るよう声を出しているが、こうなるとジェスチャーも声も信用できない。相手チームも心得たもので、一塁ランナーが大きなリードをとろうとも、監督の指示でバッテリーは無視している。

ピッチャーがセットポジションから第一球目を投げた。ボールはストライクゾーンを外角に外れた。相手バッテリーが様子を見たのだろう。打者はバントの構えからバットを引き、これで一ボールだ。

ここでまた葉桜がブロックサインを出した。そしてピッチャーが二球目を投じようと足を上げた時、実井は「馬鹿な！」と声を漏らした。打者が送りバントの構えをしたと同時に、ランナーが走ったのだ。ここでバントエンドランは有り得ない。たとえ理想的なバントをしたとしても、ランナーは二塁から三塁に進むだけだ。一気に本塁に帰ることはできない。それならバントを確認してから進塁しても同じなのだ。それより、もしバッターが外されたら盗塁を三塁で刺される。まだノーアウト、そのような危険を冒す必要がどこにある。普通に、三塁手に処理させる送りバントでいいではないか。そういう意味の声だ。

ところが打者はここからバスター、つまりバットを引いてヒッティングに切り替えた。打ったボールは突っ込んでくる一塁手とピッチャーの間を抜けた。普通であれば平凡なセカンドゴロだ。しかし二塁手は一塁カバーに向かっているのでこの場所は無人状態となっている。ボールはそのまま転々と外野まで転がり、二塁ランナーはホームインした。

「何と無茶な……」

実井が独り言のように漏らすと、葉桜が答えた。

「どのチームも同じことをやっていたのでは、いいピッチャー、いいバッターを揃えているところが勝つでしょう。ナポレオンは当時の常識を破って砲撃を駆使し、織田信長は鉄砲隊を使いました。私はソフトボールで得た知識を生かすまでです。プロ野球のようなリーグ戦ならいざ知らず、高校野球はトーナメント戦、一度きりの対戦で勝ちさえすればいい。勝てば官軍、無理が通れば道理は引っ込む、これが私の常識です」

「そ、そういうものかな……またノーアウト一、三塁じゃな。一回のときのように一塁側にセーフティースクイズを？」

「私の中ではそれが一番手堅いと思っていますが、相手も馬鹿ではないでしょう、守備のフォーメーションを変えてくるかもしれません。それによります」

そう言うと葉桜はまたブロックサインを出した。そして相手ピッチャーがセットポジションから一球目を投じると、打者はヒッティングの構えからこのボールを見逃した。これで一ストライクだ。

葉桜が言った通り、相手はフォーメーションを変えていた。セーフティースクイズを警戒して、ピッチャーは投げると同時に一塁線方向にダッシュした。ピッチャーと三塁手でバントを処理しようとしているのだ。二塁手は二塁に、ショートが三塁に入っている。

これを確認して葉桜がブロックサインを送った。そしてピッチャーが二球目を投じると、打者は三遊間に向けてプッシュバントをした。ここには誰もいない。三塁のカバーに向かっていたショートが慌てて戻ったが、捕球するのが精一杯でどこにも投げることができず、三塁ランナーが本塁に生還して、またノーアウト一、二塁になった。

「もしかするとさっきから出しているブロックサインで、バントの種類と転がす方向まで指示していたんかな？」

実井が驚いて訊くと「今ごろ気付いたんですか？」と葉桜はとぼけた顔をしている。

「激戦と思われる野球界で力のないチームが勝とうと思えば、それなりに綿密な作戦も必要でしょ。そこに努力を惜しむ訳にはいきません、おーほっほっほ」

またもや大胆不敵に笑った。

このあとも、バントの構えからプッシュやバスターを駆使して点を重ねていった。気が付けば相手チームの外野手も前進守備に切り替えているため、まるでソフトボールをしているのではないかと思われるほど狭いエリア内で、こちょこちょとプレーしている。

「この内容では四番バッターが育たんでしょう。長打も絡めんと野球の醍醐味は半減しますぞ」

長年野球に携わってきた実井からすると物足りない。それにこの練習試合をお膳立てした立場もあり、相手監督に対して申し訳ない気持ちが湧いている。それがつい口をついて出てしまったのだ。

　これを聞いた葉桜の表情が、きりっと引き締まったものになった。

「醍醐味って何です？　こいつらはプロを目指している訳じゃありません。ましてや佐藤ごときのボールにビビっているような奴らに、たとえ二アウトランナーなしからでも主導権を持たせるつもりはありません。最初に言ったはずです、私が白だと言ったら黒いものも白になる。三塁にランナーがいればスクイズ、アウトカウントが先行すれば三打席に一度出るかでないかのヒットに賭ける、そんな常識糞くらえです。こいつらは甲子園に出場して一生に一度の思い出を作る。私は女性監督として脚光を浴びる。これに勝る喜びは有りません。とことん勝ちにこだわる、それが勝負ってものでしょう、違いますか？」

　実井はこれを聞いて返す言葉がなかった。

　結局九回を戦い終えて相手チームは三人のピッチャーを投入したが、八対四で緑豊学園が勝利した。

　勝ちはしたものの内容が内容だ、観客スタンドで応援をしている保護者の反応は複雑に違いない、実井にはそう思われた。しかし最後にスタンドに向かって選手が一列に並んで礼をすると、思いがけない言葉が飛んできた。

「ようやった！」

「最高の試合じゃった！」

「これまで八点も取った記憶がない。お前らすごいぞ！」

賞賛ばかりではないか。

気になっていた相手チームの監督も、わざわざ葉桜に挨拶をしにやってきた。

「変わった野球をされますね。実井先生からソフトボールの元オールジャパン選手だったと伺っていましたが、野球の盲点を突いていらっしゃる。いい勉強になりました」

やはり葉桜が言う通り勝てば官軍か――実井にもじわじわとその喜びを感じることができるようになっていた。

ここで気になり、実井はフッと三塁側スタンドに目をやった。だが、そこに佐藤の姿はない。どのような気持ちでいたのかは分からないが、恐らく最後まで観戦したに違いない。

ダッグアウトに選手を集めて、葉桜が珍しく選手をねぎらっている。

「お前らようやった。どうじゃ佐藤抜きで勝った気分は？　これで分かったな、野球は一人でするもんじゃない。みんなが力を結集して一つにまとまることが大事なんじゃや。うちのチームにスターはいらん、そうじゃろ？」

「はいっ！」

部員たちは目を輝かして返事をした。彼らも保護者の反応が余程嬉しかったに違いない。実井も納得してうなずいた。しかしここからが葉桜だ。

「このチームではあたいが絶対じゃ。あたいが指揮官でお前らは駒。敵を倒すために自分を犠牲にすることを惜しむな。自分の身を捨ててこそ勝機がやって来る。雑魚がエリート集団に勝つにはそれしかない。そしてみんなで甲子園に行こう！　低レベルで無能な軍団でもこれだけできるというところを全国に知らしめてやるんじゃや。分かったな」

「はいっ！」

完全に洗脳されている。監督が脚光を浴びるシンデレラストーリーとしか思えない。本当にこれで良いのか――実井は、容疑者を前にして真偽を探っている刑事のように、目を細く凝らして葉桜を見ていた。

そのあと球場を出てみると、外で記者の木杉が待っていた。

「おめでとうございます、葉桜さん。監督としての初勝利ですね」

そう言えば、葉桜に木杉のことを話していなかった——実井としては葉桜がどの人格を以て彼に対応をするのか見ものだった。

「あら、先日の記者さん。有難うございま〜す、試合を見てくださったんですね。感激ですわ」

完全にぶりっ子モードに切り替わっている。やはり彼をマスコミの一人として意識しているのだ。

「今日は仕事というより、興味があったので個人的に観戦させていただきました。そして面白かったです。相手チームがあたふたしている姿は何とも痛快でしたね」

「まあ、そう言っていただいて嬉しいわ。キメクこれからもあなたのために頑張るわ。ときめくキメク、よろしくね」

何とも口八丁だ、調子がいい——実井は横で聞いていて恥ずかしくなっていた。ところが木杉がこれに意外な反応を示した。

えっ？　と顔を赤らめて照れているのだ。恐らく「あなたのために」という台詞に射抜かれたのだろう。

まさか、まさか——実井の目が点になった。はたを織っていた娘の正体が鶴だと知って驚いた翁がいるとすれば、おそらくこのような目だったたに違いない。

しかし邪気がないのだろう、木杉の顔色の変化に葉桜は気付いていないようだ。

「甲子園に行った暁には……うっふ～ん、分かっていますよね。よろしくお願いしま～す」

これでもか、と大胆にウインクまでしている。どう考えても新聞記者を相手に自分を売り込んでいるとしか思えない。だが木杉はこれもダイレクトに意識している。キョロキョロと視線は定まらず、動揺ぶりは隠せない。

「それじゃ、次の試合も是非見に来てくださいね」

一礼をすると、呆然とした表情の木杉を残して葉桜は球場を後にした。

第三章 波乱

一

緑豊学園の教職員は、緊急連絡網によって始業の一時間前から学校に招集されていた。原因は地方紙が三面記事に取り上げた「ひき逃げ事件」にある。

『笠岡署は自動車運転処罰法違反（過失傷害）と道交法違反（ひき逃げ）の疑いで、緑豊学園高校の講師葉桜キメク（二四）を逮捕』という内容だ。どうやら葉桜は自動車を運転中に、オートバイで走行中の五一歳女性をはねて逃走したようだ。

本来であれば、学校が作成した危機管理マニュアルに沿って今後の対策を検討するものだが、今回はすでに逮捕された事案であり、その域を逸脱している。職員会議とは名ばかりで内容はほぼトップダウン、校長からの指示伝達により、教職員間の意思疎通を図ろうというものだった。

校長は冒頭で、今回の事件は新聞社からの問い合わせによって、昨晩の内に知っていたことを明かした。そして警察に問い合わせて事実も確認済みであり、すでに学校理事会の上層部にも伝えている、と前置きした上で二つの方策を打ち出した。

一つはマスコミや保護者への対応を校長に一本化すること。そしてもう一つは、生徒への影響を勘案して一限目を全校集会にし、校長の口から説明をすること。つまり、この件については全て校長に委ねるという内容だった。そして最後に異例とも思える胸中を明かした。それは、校長としては葉桜を擁護する立場をとらない、というものだった。

校内で非情の男と揶揄《やゆ》される校長が下した指示だ、それに比べて葉桜は着任して日も浅い。この伝達事項に対して口を挟む者もいなければ、彼女を心配する者もいなかった、ただ一人を除いては……。

実井は彼女を不憫に思っていた——確かに校長からすれば目の上のたんこぶかもしれないが、社会人になりたてで右も左も分からない女の子が、事故を起こして一瞬パニックになったとなれば、同情の余地があるだろう。それに中学生の時に両親を事故で亡くし、彼女はお婆ちゃんに育てられていると聞いている。そのお婆ちゃんも現在は田舎でひっそりと一人暮らしをしているとなれば、もしかすると今回の事故についで力になれる者がいないかもしれない。

そんなふさぎ込んだ表情の彼に声を掛けてきた者がいる。卓球部顧問の津村浩美だ。

「葉桜さんのことが気になるのでしたら、とびっきり優秀な弁護士さんを紹介しましょうか？」

そう言えば以前、卓球部のコーチとして勤務している荒木が、一人の弁護士によってまるで魔法でも見ているかのような信じられない手段で救われた、と彼女が興奮気味に話しているのを実井は思い出した。

あの時は大した関心も持たなかったが、聞いていた周囲の者は随分と驚いてたな。ものは試しか——実井は葉桜のために一肌脱ぐ決心をした。

善は急げ、とばかりに、津村から受け取った名刺に電話を掛けてみると、早速その弁護士が話を聞いてくれることになった。実井は午前中に二時間だけ年休をとり、津村がその弁護士との会談に利用していたという喫茶店で待ち合わせをした。

約束の一〇時、実井が喫茶店に行ってみると、モーニングとランチの狭間とあって店内は閑散としていた。

見渡せば二人の客が確認できる。実井はこの内のどちらなのだろうかと迷いながらも、それらしき片方に声をかけてみた。一番奥の四人掛けの席を占領し、雑誌に目を落としている自分と同年配と思しき男性だ。

「失礼ですが貝阿弥《かいあみ》弁護士さんでいらっしゃいますか？」

その男性は怪訝そうに眉をしかめて「いいや」と返してきた。

やはりな。「風貌を見たらきっと驚かれますよ」と津村は言っていたが、さすがに革のジャケットに綿のパンツはないな。それじゃまだ来ていないのか——実井が弁護士と対談できそうな適当な席を探そうと、再び店内を見渡していると、もう一人の客が声を掛けてきた。

「実井先生ですか？　弁護士の貝阿弥です」

えっ？　まさか、こっち？　——実井は名乗りを上げた男性を見て目を丸くした。どう見ても学生だ。いや、どこかの芸能事務所に所属するアイドルだと言われた方が得心する。これがとびっきり優秀な弁護士なのか？　野球部の監督の後任として、葉桜を紹介された時ほどの違和感がある。もっとも彼女の場合は、監督を引き受けてくれるなら誰でもよいと思っていたので、驚きを表情に出さなかったが——とにかく実井は、人生経験の中から作り上げていた自分の中にある人物鑑定の物差しを、葉桜と目の前の弁護士の二人の若者によって、崩された気分を味わっていた。

実井のこのリアクションを察したのか、その男性は「貝阿弥駆《かいあみかける》と言います」と、改めて無表情で名刺を差し出してきた。気分を害したかな、と思いつつ、実井もとりあえず自己紹介だけはした。

二人が席に着くとウエーターが注文を取りに来た。

「それじゃワシはホットを。貝阿弥さんは何になされますかな?」

実井が気を遣って敬語を使うと「私はもう注文していますのでお構いなく」と相変わらず無表情で返してきた。

気まずいな、心証を悪くしたに違いない。もう少し津村のいたずらっぽい笑顔の意味を追及し、外見だけでも聞いとけばよかった——実井がバツの悪い思いをしていると貝阿弥が切り出してきた。

「ご用件を伺いましょう」

この表情にして、この単刀直入さ、本当に気まずい……。

「いやぁ、実は同僚の津村からあなたの評判を伺いましてなぁ、とても難解な事件を見事に解決されたそうで……」

機嫌を直してもらおうと持ち上げてみた。だが「お世辞は不要です。私は弁護士として自分に与えられた使命を果たしたまでですから」と乗ってこない。

「いや、いや、お若いのに、大したもんじゃ」

もう一度試みる。するとど真ん中に直球が投げ込まれた。

「実井先生、私に気を遣っていらっしゃるのでしたらお構いなく。別にあなたが私の外観に弁護士としての違和感を持たれたとしても、私はそれに対して何も不快な思いを抱いてはいません。私は単に不愛想なだけです。自覚はできているのですが、合理的観点から必要性を感じないのでこのスタイルを崩さないだけです。それより、この時間はあなたにとって、授業の合間を抜け出してきた貴重なひとときなのではありませんか？　そちらを優先して考えると、無駄な話を省き、事を進める方が大事でしょう？」

「あ、いや、これは参りました。おっしゃる通りです」

頭を掻いて、苦笑いに逃げ道を求めるのだった。

「それじゃ遠慮なく相談を持ち掛けるんじゃが、電話でも言った通り、昨日うちの野球部監督がひき逃げをして、逮捕されたんじゃわ。何とか力になってもらえんじゃろうか。これがその新聞記事じゃ」

実井は敬語をやめ、持っていた新聞を貝阿弥に広げて見せた。

「この記事でしたら私も今朝拝見しました。『本人は一部否認』とありますね、この一文が何を意味しているのか、気にはなります」

「そうじゃろ。やや非常識な面を持ち合わせた娘なので、自分の罪を受け止めることができていないのかもしれんのじゃが、他に事情があるのかもしれん。ワシが直接面会して確かめてもいいんじゃが、法律に疎いからな……相談に乗ったところでどうしようもないと判断して、プロに頼むことにしたんじゃ」

「しかし、どうしてあなたが動かれたのでしょう？　こういった場合、上司に当たる校長か家族の方がその任をお受けになるはずですが？」

「それが……彼女は両親に先立たれていて、身寄りと言えば田舎に祖母がおるだけらしいんじゃ。それにちょっとした事情があって、校長からは疎まれとる。じゃからこうしてワシが動いとることも学校側には内緒じゃ」

「そうでしたか、事情は分かりました。いずれにしても逮捕後七二時間は、家族や友人など一般の方は接見できない規定になっていますので、何か事情を聞こうと思えば弁護士に依頼するしかありません。他に何か伝えたいことがあれば承りますが」

「そうじゃな……」

実井は腕を組み、右手の人差し指を顎に当てて考えた。

「こういったケースじゃと、誤魔化すより素直に非を認めた方が罪は軽うなるんじゃろ？」

「そうですね。誠意を示せば被害者が示談に応じてくださるケースが多いです」

「もし飽くまでも言い逃れをしたら、どうなるんじゃろ？」

「被害者との言い分が異なれば、最大二三日拘留され、その間に検察官からの取り調べを受けることになるでしょう。そして勾留期間の終了時に、被疑者を起訴するかどうかが決定され、起訴となれば刑事裁判が行われ、懲役が求刑されることになるでしょう」

「懲役ですと！　……交通事故なのに？」

実井が驚いて甲高い声を出すも、貝阿弥は淡々と返してきた。

「ひき逃げは悪質な犯罪ですからね。事故を起こしてそのまま立ち去ってしまうと、道路交通法に定められている『救護義務違反』や『危険防止措置義務違反』に該当し、一〇年以下の懲役、または百万円以下の罰金。さらに相手が怪我を負っていれば『過失運転致死傷罪』に該当し一五年以下の懲役が科されることになります」

「な、なんと……」

衝撃的な説明に実井は絶句した。

「今言った内容を是非彼女に説明してやってくだされ。とにかく彼女は攻撃的な性格をしとる。馬鹿なことを考えず、素直に被害者に謝罪するよう説得して欲しい」

「了解しました」

弁護士としてのイメージからは程遠く、正直言って貝阿弥への不信感は払拭されていないが、それよりひき逃げの罪の重さには驚いた。こうなると葉桜の出方が気になってくる。それに野球部員への説明を考えると気が重い。実井は貝阿弥が立ち去った後も、しばらくは喫茶店の椅子に座り込み、空のコーヒーカップをにらんでいた。

二

その日の放課後、実井は意を決し、野球部員を集めて葉桜の件を切り出した。彼らの動揺を鎮めて、活動を継続させるよう働きかけなければならないのだ。

部員たちはやはり相当なショックを受けていた。しかし幸いなことに、葉桜を非難する者はいなかった。それどころか、今朝の全校集会で「社会人としてのモラルが欠損している教員を採用したことに対して、申し訳なく思っている」と彼女を中傷した校長に対して全員が憤慨していた。彼らも新聞記事の「一部否認」に着目し、何か事情があるのかもしれないと受け止めているようだ。こうなれば話は早い。実井は葉桜の復帰を信じて練習を続けるよう部員を鼓舞した。

翌日の夕刻、実井が部活動の片づけを行っているところに、貝阿弥からの電話が入ってきた。ここまでに入手した情報を伝えたいという内容だ。一九時半に例の喫茶店で会うことにした。

やり残していた雑務に手間取ったため、実井は約束の時間を少し遅れて喫茶店に到着した。足早に店内に入ってみると、貝阿弥は昨日と同じ席に着いて、ティーカップの紅茶をすすっている。

昨日はこれを見て、どこかのボンボンにしか思えなかったな——実井は苦笑した。

「すいません、遅れてしもうた」

実井が軽く頭を下げると、貝阿弥が腕時計を見て言った。

「正確には六分の遅れです。車を利用していることを考えると大した遅れではありません」

親しき間柄の人物が笑顔で言ったのであれば、額面通りに受け止めることもできるが、昨日知り合ったばかりの弁護士が無表情でこれを言った。実井の顔は引きつっている。

「昨日の今日でご報告いただけるとは、大したもんじゃわ」

再び世辞を口にしないではいられない。

しかし貝阿弥は、実井の言葉に反応することなく本題を持ち出してきた。まるで録画した動画でも見ているかのような一方通行だ。

「まず警察から入手した内容をお伝えします」

これがこの人なのだ、早く慣れないといけないな――実井は貝阿弥の向かいに「あ、はい、はい」とかしこまって座った。

「被害者は立花峰子さん、五一歳。スクーターを運転中、急に左にハンドルを切ってきた葉桜キメクさんの車に巻き込まれ、バイクごと転倒し、左足側部を負傷されたそうです。医者から『左脚左側面に全治一〇日間の皮下血腫筋挫傷』の診断書を書いてもらっています」

「そうですか、やはり彼女の非は間違いないようですな。それでその皮下血腫何とかというのは、どんな怪我なんじゃろうか？」

「こちらで調べましたところ、打撲により筋肉に損傷を受けたものを筋挫傷と呼ぶようです。主な症状は激しい痛みと腫れで、腫れは翌日から数日で最大となり、その後徐々に軽減していくようです」

「つまり打ち身のようなものですな」

「そうですが、歩行障害や膝関節の屈曲制限が生じることも少なくないようです」

「それは厄介じゃな。外傷や骨折なら完治したことが確認しやすいが、膝や筋じゃといつまでも本人が痛いと言えば治療し続けることになる……」

実井が深刻な表情で腕組みをしかけると「次にスクーターですが――」気にも留めず、貝阿弥は次の話題に切り替えた。

組みかけたこの腕はどこに収めればよいのだ――実井は面食らった顔をして腕を戻したが、貝阿弥は素知らぬ顔で話を続けた。

「――葉桜さんの車の左後方部に右ハンドルが接触したそうですが、特にバイク自体の損傷はないそうです」

「あ、ああ、そうかな……そりゃよかったわ」

とりあえずうなずいて見せた。

「そしてここが肝心なのですが、警察が事情聴取をしたところ、葉桜さんは『全く接触した感触がなかったし、バイクの女性も当たりはしなかった、と言ってくれたので立ち去った』と言っているのです」

「ええっ！　それが本当なら、ひき逃げにはならんのじゃないかな？」

「そうですね」

「じゃったら何も問題はないがな」

「ところが被害者は、警察には『車が接触した』と訴えています」

「一体どうなっとるんじゃ？　どちらかが嘘をついとることになるな」

「警察としても、どちらの証言が正しいのか判断しなくてはなりません。そこで葉桜さんに『車を降りたのは、バイクが転倒したことを認知したからだろう。その時、当てた自覚があったのではないか？』と彼女を追及したそうです。それに対して彼女は『キャーッという大きな叫び声がしたので、車中から左後方を見てバイクの転倒を知った。当たった感触があったからではない』と言っているようです」

「はん？　それじゃ、その被害者の声に気付かず立ち去っていたらどうなっとったんじゃろ？」

「その場合はひき逃げにはならず、交通事故によって人を死傷させたという事実に対して、過失運転致死傷罪に問われることになります。被害者の傷害が軽いときは、情状により、その刑を免除されることもあります」

「何と……それじゃ親切心が裏目に出たと？　じゃが彼女はまだ当たったことを認めてないんじゃろ？　このままそれを主張し続ければ勝てる可能性もあるんじゃないか？」

「それは難しいです、物証が残っていますから。彼女の車の左後方部分に、ほんのかすかですがバイクのハンドルがこすれた形跡が残っていたようです」

「それじゃ接触は間違いないと……彼女が嘘をついているってことじゃな……」

「いえ、一概にそうとは言い切れません。ハンドルが車に擦れた跡はよく見なければ分からないほど薄い線で、車のドライバーが接触したことに気付かなかった、と言い張っても無理はないだろう、そう警察は言っていました」

「そうなると話は元に戻る訳じゃな。葉桜と被害者の証言の食い違い。どちらかが嘘をついとるってことになる……待てよ、葉桜が車を降りて被害者に声を掛けとるのは間違いない。その上で立ち去ったということは、やはり『被害者は当たっていないと言ったので立ち去った』という葉桜の証言に信憑性があるように思えるんじゃが」

「警察によると、葉桜さんは被害者から『当たっていない』ではなく『大したことはない』という返事を受けて安心したのか、そのまま置き去りにしたことになっています」

「あ、なるほど、社会常識のない者にありがちな話じゃな……もしこのまま言い分が対立した場合、どう解決するんじゃろ？」

「最終的には裁判ですね。その場合、物証がある分、葉桜さんの方が不利でしょう」

「ふ〜ん、結局接触の跡が決め手になるんか……彼女もそれを理解しとるんじゃろか？」

「一応説明はしました。しかし、自分の証言に一切偽りはない。転倒していたのはとても人のよさそうなおばさんで『車が急にハンドルを切ってきたので慌てて転んだだけだ、大したことはない。車には当たっていないので心配いらん』と笑いながら言っていた。その時、着ている服まで確認したが破れておらず、足のことも全く気にしていなかった。とても今回のような訴えをしそうには見えなかった。しかしこうなれば全面戦争、裁判でも何でも最後まで戦ってやる、と言っています」

あまりにも過激な内容に、実井はやや驚きながら頭を抱えた。

「いかにも彼女らしいわ。それはそれで困ったもんじゃ」

「公判になった場合、被害者が偽証をしている証拠でもない限り、無罪は勝ち取れないでしょうね」

「それも彼女は知っとるんかな？」

「もちろんです。『こちらが誠意をもって謝罪をすれば恐らく示談が成立する』と持ち掛けたのですが、跳ね返されました」

「そう、そう、それが葉桜じゃ。恐らく一〇人、いや一〇〇人、いやもっとじゃな、一万人の内の九九九九人が示談を選択したとしても彼女は戦う方を選ぶじゃろう。何の得もせん、その先に禁固刑が待ち受け、教職の身を追いやられると分かっとってもな。やれやれ……」

　実井は眉間にしわを寄せた。しかし貝阿弥はそれ以上その話題に付き合う気がないのか「では次に行きます」とあっさり切り替えた。

「えっ？」

　実井があきれているも貝阿弥はマイペースだ。

「そのあと被害者である立花さんのお宅を訪ねました」

「お……おお、そうか、そっちが折れてくれる可能性もあるな」

「玄関先のインターホンでやり取りができたのですが、中には入れていただけませんでした」

「よほど立腹しとんじゃろうか？」

「声の調子からすると、そのような感じには思えませんでした。とにかく『話を聞くつもりはない』の一点張りなのですが、怒りよりも、私の訪問を嫌がっているといった印象です」

「うん？　やはり嘘をついていて負い目を感じとるのかな？」

「そうかもしれません」

「そうなると、ここからがあんたの腕の見せ所じゃな」

実井とすれば期待が膨らむ。しかし貝阿弥からは予想外の返答だ。

「深追いは心証を悪くするので得策ではないと判断し、引き上げました」

「なんじゃそれは……」

津村からとびっきり優秀な弁護士だと聞いていただけに、実井はこの回答にがっかりした——これなら他の弁護士でも変わりないな……。

ところが貝阿弥の話はそこで終わらない。「では次に行きます」とさらに他の情報を持ち出そうとするではないか。この切り替えテンポに実井は戸惑った。

「警察、加害者、被害者、それ以外に何があるんじゃ？」

「病院に事実確認をしに行きました」

「ああ、なるほど」

実井はこの言葉に再び期待を寄せたが、医者からは診断書通りの証言しか得られなかったと知らされ、ますます葉桜が不利になったことを痛感させられたに過ぎなかった。

期待外れじゃ——貝阿弥に非がないことは重々承知してはいても、つい恨めしく思ってしまう実井だった。

ところが、ところが「では次に行きます」と貝阿弥の話はまだ続く。

「まだ他にもあるんかな？　病院までも認めたんじゃ、もう打つ手はなかろう」

実井が口をとがらせるように言うと、貝阿弥は手帳の手書きメモを提示した。

「被害者のご近所さんから入手した情報です」

覗き込んでみると両面びっしり、被害者の身辺調査が書き込まれている。

「『人柄がよい』『挨拶をよくする』……なんじゃこれは、こんなもん集めても仕方ないじゃろ」

悪あがきに思えた。それに被害者を擁護するような内容ばかりだ。『下手な鉄砲も数打ちゃ当たる』と言うが、実井にとって、送り出しても、送り出しても凡打を続ける打撃不振の打者を見ているような気がしてきた。そして、このようなメモを平気で見せる貝阿弥に対して、憤りさえ感じていた。にもかかわらず貝阿弥はさらに実井の感情を逆なでするようなことを言った。

「葉桜さんだけでなく、ご近所さんまでも被害者の人の好さを認めています。そのような方が偽証をするでしょうか？」

この言葉を聞いて、実井はついにキレた。

「どういう意味じゃ、それは！　あんたは一体どちらの味方なんじゃ！」

しかし貝阿弥は無表情、冷静そのものだ。

「もちろん葉桜さん側の弁護士です。そのように人の良い方が偽証をしているとすれば、何か裏があるのではないかと思っただけです。そしてさらに聞き込みを続けました。せっかくですから次のページにも目を通してください。何か引っかかることがありましたら教えていただけないでしょうか？」

「次のページ？」

そう言いながら、しぶしぶ一枚めくって目を通していると「おっ？」と一行の文字が目に留まった。

「スーパー鶴藤じゃと？　被害者はそこのパートなんじゃな。おおっ？　息子もスーパー鶴藤の……こっちは正規社員じゃないか」

「そのスーパーが何か気になるのですか？」

「いやどうじゃろ、関係ないかもしれんが」

そう前置きをして、実井はこれまでの佐藤と、その母親が葉桜と悶着を起こした一連の騒動を説明した。

「なるほど、その佐藤さんが経営しているのがスーパー鶴藤ですか」

貝阿弥は早速、返された手帳にメモ書きしている。それを見て実井が言った。

「確かに、佐藤さんが葉桜の監督失脚を狙って仕組んだ事故じゃとすれば、説明がつかんこともない、息子への入れ込みようは異常じゃからな。このまま彼女が監督でいるとプロを目指すどころか、野球部で活躍することさえままならん……しかしなぁ、そんなことまでするじゃろか。もしそうなら犯罪じゃろ？　それにスタントマンじゃあるまいし、そんなにうまくバイクが車に接触できるもんかな？　下手をすると命を落とすことになる、いくらなんでもなぁ。そう考えると、やっぱり負けん気の強い葉桜がゴネとると受け止めた方が自然な気がするで……」

これを聞いているのかは怪しいが、貝阿弥はメモを終えて言った。

「少し気になることがあります」

実井は「ん？」と眉間にしわを寄せて前のめりになった。しかし貝阿弥は「まだ仮説の段階です。もう一度調べてから連絡をします」そう言って帰っていった。

途中で貝阿弥に対して口まで荒らしてしまったが、まさか佐藤にたどり着くとは思いもしなかった。しかしどう考えてもこの事故と佐藤を結び付けるには無理があるように思える。どうしようと考えているのだ？　卓球部のときのように、これから彼がミラクルでも起こすというのか？　自分が最初に優秀と称したために、期待に応えようと無理をしているのではないか？　――実井の中には、葉桜と自分の言動に振り回されている貝阿弥を、案ずる気持ちが湧いていた。

三

それから三日後の午後七時半、実井は貝阿弥からの連絡を受けていつもの喫茶店に行った。

「どうやら、からくりが見えてきました」

貝阿弥は開口一番そう言った。相変わらずの単刀直入さだ。

「からくりじゃと！　それじゃやっぱり……」

実井が目を輝かせて貝阿弥の顔を覗き込むと「ええ」と貝阿弥がうなずいた。

「スーパー鶴藤、つまり佐藤さんが絡んでいる可能性が高くなってきました」

「何と……一体どうやってそれを？」

実井はさらに前のめりになる。

「葉桜さんは『ハンドルを急に左に切ったのは、対向してきた自転車がこちらによろけてきたからだ』と証言されていたのですが、もしこの事故が佐藤さんの仕組んだものであれば、その自転車さえも共犯の可能性があると思って調べてみたのです」

「そう言えば、急ハンドルを切った原因には触れてなかったな。それにしてもよくその自転車が特定できたもんじゃ」

「あのあと葉桜さんに接見して、彼女のドライブレコーダーを録画しているSDカードを手に入れることができたのです。車の前方しか写らないタイプのレコーダーでしたが、自転車はしっかりと捉えていました。画像に映し出されている自転車の運転者を写真にして、スーパー鶴藤のチェーン店を回っていると、惣菜の厨房で働いている望月芳江さんだと分かりました」

「おお、その人も鶴藤の従業員か。これで結びついたな。それにしても大したもんじゃ、あんた刑事顔負けじゃな」

「しかしここから先は踏み込めません、それが警察との違いです。勤務が終わった彼女を捕まえて真相を確認しようと試みたのですが、全く応じていただけませんでした」

「ふ～ん、それは無理もない話じゃな。犯罪に加担しとるとなると自分の身も危うくなるからな。それで?」

「一応ご自宅の所在地だけは確認しました。被害者である立花さんが事故現場近くにお住まいであることに対し、望月さんはそこから四キロほど離れた場所に住居を構えていらっしゃいます。つまり、あの場所で自転車に乗っていたことは不自然です。しかし逆を言えば、そうまでして佐藤さんに協力をしたとなると、スーパー鶴藤に対して余程の恩を感じているか、弱みを握られているかということになりますので、立花さん以上に口が堅いことが想像されます。そうであれば警察でも口を割らすことは困難でしょう」

「そうか……どうしたもんかな……」

実井が考えようと腕組みをし掛けると「では次に行きます」と貝阿弥があっさり話を切り替えた。

馬鹿な。ここが一番肝心なはず。これ以上何があると言うのだ。第一組みかけたこの腕をどうしてくれる――実井はまたもや、バッターボックスに立った打ち気満々の打者が敬遠にあった気分を味わいながら腕を戻した。

「葉桜さんの証言が気になりましたので、再び病院に行ってきました」

「病院？　もしかすると、医者もグルなんかな？」

「それは分かりませんが、気になることがありましたので」

「ほう、何じゃろ？」

「葉桜さんは『被害者の着衣を見たが破れていなかった』と言っていましたので、念のために確かめに行ったのです。そこで分かったことですが、葉桜さんが見たとき、立花さんは上下とも紺色のウインドブレーカーを着ていたそうです。ところが医者が診断するときは上下とも緑色のトレーナーだったらしいです」

「病院内じゃからウインドブレーカーを脱いだんじゃろ。それが何か?」

「医者によると『トレーナーの左足側部はアスファルトで擦れて傷んでいた』とのことでした」

「ええっ? 一体どういうことじゃ? もしかすると、事故のあとにウインドブレーカーを脱いで故意にけがをしたと……」

「その可能性もありますが、他の可能性も考えられます」

「他の可能性? それは一体なんじゃ?」

実井が興味津々に尋ねるも、貝阿弥がまた「次に行きます」と話題を切り替えた。

「葉桜さんが起き上がった立花さんを確認した時、彼女は空のナップサックを背負っていたそうです」

「それが何か?」

貝阿弥の対応に納得がいかない実井は、不機嫌そうに訊いた。

「ところが病院では、立花さんは膨らんだナップサックを片手に持っていたようです」

「うん？　どういうことかな？」

実井は気を取り直して懸命に理解しようと努める。しかしまた貝阿弥が「次に行きます」と話を切り替えた。

「望月さんが働いているチェーン店の裏に回って、面白いものを発見しました」

こうなるとナビも持たず、見知らぬ市街地に迷い込んだ旅人のような心境だ。全体が見えていない実井には、自分の現在地さえ分からない。地上でバタバタしている自分を、貝阿弥に宇宙衛星から見下ろされている気分を味わっていた。

「面白いもの……ねぇ……」

オウム返しはするが、思考回路は停止状態だ。

「左側部が破損しているスクーターですよ」

「スクーターか……じゃけど、被害者のスクーターはどこも壊れていなかったんじゃろ。そんなものを発見して、どこが面白いんじゃ」

話が飛躍しすぎていてついて行けない。やや苛立ちを覚えていると、貝阿弥が「つまりこういうことは考えられないでしょうか」とピースを組み合わせて、パズルを次のように完成させた。

事故が起きた現場は、県道から市道に入ったばかりの場所でかなり狭い。向かい側から自転車が来るのを発見すれば、普通のドライバーならスピードを緩めるに違いない。そうして安全を確保した上で、望月の自転車は葉桜の車に向かってよろけた。葉桜は咄嗟に自転車を避けようと、ブレーキを踏んで左に急ハンドルを切った。そのタイミングに合わせて、建物の陰から立花のスクーターが飛び出し、止まりかけていた葉桜の車に自ら当たりに行って倒れた。自転車とスクーターのこのコンビネーションが難しいので、二人は事故前に他の車を相手に何度かシミュレーションをしていた。立花の怪我はその時に負ったものなのだが、バイクの破損や立花の怪我に気が付くと葉桜が警察に連絡をしかねない。そうなるとひき逃げが成立しなくなるので、練習で破損したバイクは店の裏に隠しおき、事故当日は別のものを用い、練習で破れたトレーナーも、その上にウインドブレーカーを着ることによって見せないようにした。病院でナップサックが膨れていたのは、脱いだウインドブレーカーがその中に入っていたため、ということになる。

この説明を聞いた途端、実井は雄叫びのようなものを上げた。

「おおっ、おおおおっ、すごい！　すごい推理力じゃ。辻褄があっとる。そうに違いない。これで葉桜の無実が証明されるな」

興奮で目を輝かせているが、貝阿弥は相変わらず冷静だ。

「それはどうでしょう。一つの可能性にすぎません。ここから先は立証が難しく、行き詰まりを感じています」

「どうしてじゃ？　これだけ物的証拠が揃っとれば、裁判になっても勝てるんじゃないのか？」

「事故の目撃者でもいればはっきりするのでしょうが、それは無かったようです。全て葉桜さんの証言をもとにしていますので、被害者側がしらを切ってしまえばそれまでです。あなたが言ったように、普通の主婦が命がけのスタントをしたとは考えにくい。この内容だけで裁判官を信じさせることは難しいと思われます」

「それじゃ一体どうすればええんじゃ？」

「さしあたり三つの方法が考えられます。一つ目は、警察か検察に先ほどの可能性を説明した上で、事故を調べ直してもらう。二つ目は、立花さんか望月さんの良心に訴えて真実を明かしてもらう。そして三つめは、第三者の証言を得る。例えば、二人が接触事故の模擬実験をしている姿を目撃した人物はいないか。事故現場で葉桜さんが通りかかるのを待ち伏せした様子はなかったか、とかですかね」

「なるほどなぁ、あんたは本当にすごい人じゃ。あんたが言えば何とかなりそうな気がしてくるな」

実井は感心して目を細めた。

「どうですかね。一応取り調べの際に、葉桜さんには服やナップサックについて供述していただこうと思いますが、警察や検察は都合のよい作り話として相手にしてくれないかもしれません。それにこれが真相だった場合、立花さんと望月さんは犯罪者になります。それを承知で真実を述べてくれるでしょうか。また、どこで行ったか分からない模擬実験の目撃者を見つけるなんて、警察が総力をあげて一軒一軒当たってていかない限り難しいと考えられます。それにそのような目撃者がいるかどうかの確信もありません。前途多難です」

「何じゃ、ここまで行き着いて随分と弱気じゃな」

「もちろん手はつくします。しかし、もし今回の事故が仕組まれたものだとすれば、どう考えても素人の手口とは思えません。以前言いましたが、ひき逃げを成立させるにはバイクの転倒を葉桜さんに認知させる必要があります。さりとてこの段階で警察を呼ばれては元も子もありません。バイクとの接触を悟らせず、転倒した被害者を置き去りにさせる。こんな巧妙なトリック、法律に詳しい人が指南したとしか考えられません。そうなると簡単には崩せないはずです」

「それじゃ、プロの仕業じゃと？」

「ええ、そうです」

「驚きましたなぁ、単なるひき逃げ事故がここまで深いものだとは……」

「断っておきますが、飽くまでも葉桜さんの証言が真実だと言うことを前提にしての推論です。仕組まれているとすればあまりにも手練手管《てれんてくだ》を弄《ろう》し、奇跡的な仕上がりだと言えます。自転車とバイクが偶然スーパー鶴藤の店員だったとした方が、理解しやすいのは事実です」

「ああ、やっぱりな……。日頃の葉桜を知っとるだけに、ワシでさえ非を認めたくなくて彼女がゴネとんじゃないかと思えてくる……まあ仕方なかろう——」実井は少し心細くなっていた。

「——それで正直なところあんたはどっちが正しいと思っとる？」

貝阿弥の気持ちを確認せずにはいられない。これに対して、貝阿弥は無表情ながらきっぱりと言い切った。

「もちろん葉桜さんです。彼女の表情に嘘は感じられません」

「お……おお、そうか、奴を信じてくれとるのか……」

実井は思わず涙ぐんだ。年を重ねて涙もろいのだ。

「人がやることです。もし今回の事故が作りものなら、必ずどこかにほころびが出るでしょう。今後も地道に真相究明を続けますよ」

「有難う。本当にいい人に弁護を頼んだ、心からそう思っとる」

実井の貝阿弥に対する不信感は、いつの間にか消え去っていた。しかし貝阿弥はあくまでも素っ気ない。

「私に謝辞は不要です。弁護士はクライアントの利益を最優先して考える。当たり前のことをしているだけです」

ニコリともしないその表情からは、謙虚さも、自信も読み取れない。

四

それからさらに一〇日が経とうとしていた。実井の元には折に触れて貝阿弥から近況報告が入るのだが、その内容は思わしくない。

まず服やナップサックについては警察でも調べてくれたようだが、被害者が言いがかりだとして逆に憤慨しているようだ。かえって葉桜の心証を悪くしたに過ぎない。

次に破損したスクーターだが、売り場の男性店員のもので、雨の日にスリップして転倒したものだそうだ。

また目撃者だが、事故が起きたのは帰宅ラッシュ後の出来事とあって、普段でも事故現場辺りは人通りが少ないらしく、全くヒットしない。さらにはここで模擬実験を行った形跡もない。

貝阿弥は現在、視点を変えてスーパー鶴藤について調べ直しをしているようだが、実井からすれば振り出しに戻った気がしてならない。


そのような時、実井は校長室に呼ばれた。そこには事務長も同席していた。

「実井先生、驚きました。葉桜さんのために陰で動いていらっしゃるようですね。私はてっきり、彼女は国選弁護士か当番弁護士に頼っているものだとばかり思っていました。ご存知の通り、私は校長に抜擢される前は経営コンサルタントをしていました。潰れかけたいくつもの企業を立て直した実績があります。その関係で弁護士界には顔が利きます。その私がなぜ彼女に手を貸さなかったのかは、ご理解いただけていると思っていましたよ」

実井がソファに座るなり、校長は向かい席から姿勢を低くし、上目使いに威圧してきた。この表情が意味するところが分かるだけに、実井は「あ……いや、成り行きで……」と口を濁すしかない。

校長は続ける。

「彼女がいなくなってから、佐藤君は部に復帰しているのでしょう？　彼なくして野球部は勝てないはずです。それに何か不祥事があると、大会への参加が危ぶまれるのが高校野球界、その点で言えば彼女は爆弾です。試合中に問題を起こしかねません。あの若さでオールジャパンを外されたのも、その辺りに原因があるのではないでしょうか……。まあそれはさておき、彼女がこうなったことは、あなたにとって喜ばしいものと思っていましたが、違うのですか？」

この発言は捨て置けない。実井は反論を試みた。

「確かに彼女は少し型破りなところもありますが――」

言いかけると、すかさず校長が突っ込んできた。よほど葉桜を持て余しているのだろう「実井先生、日本語は正しく使ってください。あれが『少し』ですか？」

実井は仕方なく言い直す。

「あ……ああ、すいません……。彼女はかなり型破りなところもありますが、野球の知識や技術指導は一流です。これまでうちの野球部が勝てなかった原因を的確に軌道修正し、先日は広島県でベスト４の学校に大差で勝ちました」

「佐藤君抜きで、ですか？」

「その佐藤が我が部を弱体化させていた原因の一つでもありまして……大変言いづらいのですが、彼一人いるだけで部員たちは萎縮して力を発揮できません。彼女が真っ先に取り組んだのがチームワーク作りなのです」

「チームワーク作りって、あなたねぇ、佐藤君を入れてそれをやればいいじゃないですか。本校にとって彼が特別な存在であることは分かっているのでしょう？」

「もちろんです。彼女も最初は佐藤に対して歪んだ精神を矯正しようとしたんですが、それが先日の結果です。まるで本人には伝わらず、母親まで勘違いをしていました」

「物は言いようですね。そうじゃないでしょう、彼女にとって命令に従わない部員は邪魔だった。それで排除しようとしたのでしょう……まあいい、今回はこのようなことを議論するためにあなたをお呼びした訳ではありません。警察に問い合わせたところ、彼女は自分の非を認めようとしていないそうじゃないですか。非常識にもほどがあります。少しくらい不本意な部分があったとしても、被害者に対してはまず真摯に謝罪をする。それが加害者側の誠意ってものでしょう？」

「それはそうなんですが。もしかすると無実なのかもしれないんです」

「無実？　警察は言っていましたよ。『被害程度を軽く見て警察への通報を怠る無知なドライバーがたまにいるが、大抵の者はコンコンと言い聞かせれば反省し、罪を償おうとする。ここまで頑固な者は珍しい』とね。実際、車がバイクに当たっているらしいじゃありませんか。しかも、急ハンドルを切ってその原因を作ったのは彼女なのでしょう？」

「確かにそうなんですが、この事故は仕組まれた可能性があるんです」

「仕組まれた？　一体誰に？」

「それはまだ言えません」

「あなたねぇ、いい年をしてそんなに愚かだとは思いませんでした。彼女ですよ、どれほど自分本位なのか分かるでしょう？　彼女にとって都合が悪ければ黒いものでも白にしようとする。恐らくカラスだって白色だと言い張るでしょうね」

これを聞いて実井はギクッとした――確かに葉桜そのものだ……。

「あなたがそうやって同調するから、彼女は余計に自分の世界から抜け出すことができないのですよ。とにかく一刻も早く罪を認め、裁判にかけられて禁固刑にでもなればいいのです。そうすればこちらとしても代員人事に取り組み易くなります」

「それはいくら何でも、ひどいんじゃないですか？」

「どこがですか。あなたにあおられてさらに罪が重くなることを思えば、私の方が得策でしょう。それに、誠意を見せることによって示談だってありうる」

「それなんですが、被害者は端からこちらの弁護士に会ってくれようとしません。恐らく示談に応ずる気持ちがないんでしょうな」

「なるほど、それで彼女が罪を認めようとしない理由が分かりました。彼女には有罪しかない訳ですね。懲戒免職は免れない、だから悪あがきですか……これはいい、はっはっはっ」

校長は学校の最高責任者である立場も忘れて高笑いしている。しかし的を射ているようにも思える。実井は再び、葉桜を信じる自信がなくなっていた。

神妙な表情の実井を見て、校長がにやけながら言った。

「彼女の処遇について困っていたのですが、お陰でよく分かりました。事務長さん、本格的に後任を探しましょう」

隣に座っている事務長にそう声を掛けると、校長はソファから立ち上がった。

「実井先生も目を覚ましたほうがいいですよ。それにどこから捜し出してきたのか知りませんが、その弁護士も彼女のたわ言に振り回されているのでしょう。間抜けな方だ。顔が見てみたいものです」

実井は完膚なきまでにボコボコにされた気分だ。何とも悔しい。せめてもの思いで言い返した。

「校長先生が知っている弁護士さんですよ」

「えっ？」校長の表情が変わった。

「私が知っている方？　誰でしょう？」

「津村先生は、あなたから紹介されたと言っていましたよ」

「ええっ！　……と言うことは、卓球部の荒木コーチを救った弁護士ですか？　津村先生はスーパー弁護士のようなことを言っていましたね。私とは直接面識はありません。彼女が、私の渡した名刺を頼りに、弁護士会に照会してたまたま行き当たったらしいのでね。その人が今回も出てきたのですか？　また何かが起こると？　しかし今回ばかりはねぇ……まさかとは思いますが気になりますねぇ……」

この表情を見て実井は一矢報いた気がした。

「校長先生がお望みなら、会っていただけるか頼んでみましょうか？　発想力、推理力が優れていて私も圧倒されっぱなしです」

貝阿弥には申し訳ないと思いながらも、自分一人が責められなくて済む。実井としては責任逃れの境地だ。

「おお、そうですか？　企業専門の弁護士なら優秀な方を何人も知っているのですが、刑事裁判となるとあまり縁がありません。どのような人物なのか一度はお会いしたいと思っていたのです」

　校長が声を弾ませて乗ってきた。


　次の日、早速実井は貝阿弥を連れて校長室に行った。

　二人が部屋に入るなり「ようこそ」と言いかけた校長の目が大きく広がった。

「こ、この方？」

　まぎれもなく貝阿弥の容姿に驚いている。無理もない、自分もそうだったのだから――実井としてみれば、助っ人大リーガーをイメージしていたオーナーに、少年野球のエースを紹介しているような複雑な心境だ。

　貝阿弥が無表情で名刺を差し出して挨拶をすると、校長はすぐに体裁を整え、まだ目をぱちくりさせている事務長の向かいのソファを貝阿弥に勧めた。

「お噂は兼ねてより伺っています。いやぁ、お見かけしたところ、随分お若いのに大したものですねぇ」

校長が実井さながらに、先ほどドギマギした失態を取り返すべく苦心している。しかし貝阿弥は無関心だ。

「私にお世辞は無用です。それより要件をお伺いしましょうか」

何とも素っ気ない、と言うより不愛想だ。初対面の若造にこのような態度をとられて校長としても立つ瀬がない。すぐに表情を引き締め、傲慢な優越性を誇示した。

「葉桜の弁護を引き受けてくださっているようですが、彼女の独善的な言い分を鵜呑みにして擁護するのはいかがなものでしょう。彼女の車がバイクに接触して起こした事故であることは間違いないのでしょう？　彼女もそれは認めているそうじゃないですか。このようなケースでは、加害者が誠意を見せて示談に持ち込むのが常識です。あなたの行為は、いたずらに彼女をあおり、罪を重くしているようにしか思えません。私はおかしなことを言っていますか？」

これに対して貝阿弥は平然と答えた。

「いいえ、ごもっともです」

そのあと弁明が続くのではないかと間を置いたが、貝阿弥の口は開かない。肩透かしを食らった校長は念を押すように言った。

「ごもっとも？　随分簡単に受け入れるのですね。あなたは彼女を無罪にしようと動いているのでしょう？」

「私は弁護士として、依頼人の期待に応えようとしているまでです」

「これはおかしなことを……彼女の無実を信じている訳ではないのですか？」

「彼女が無罪を主張するなら、私はそれを立証するために手を尽くすのみです。警察や検察から毎日のように尋問され『あなたは錯覚している』『あなたが起こした事故だ』と繰り返されれば大抵の人ならマインドコントロールされてもおかしくありません。しかし彼女の供述は一貫しています」

「あなたねぇ……それは単に彼女が自己中心的で、頑固なだけですよ。私はこれでも人を見る目だけは誰にも負けない自信があります。あなたは彼女を知らなさすぎる。彼女を普通だと思わない方がいい」

「一体どのような立場でそれをおっしゃっているのかは存じませんが、少なくとも彼女に手を貸したいと思っている訳ではないことだけは確かですよね？　私は学校から見放され、頼る者がいなくて困っている彼女に手を差し伸べたいとする、実井先生の依頼を受けて彼女の弁護活動をしています。あなたにはそれに口を挟む権限はありません」

　若造に好き勝手を言われている。「く〜」と見る見る校長の表情が険しくなった。

「私はあなたが将来有望な弁護士だと思えばこそ、あえて忠告しているのですよ。幸い今回は軽微な被害で済んでいます。それを態度が悪いばかりに重罪判決でも下されれば、あなたの経歴に汚点を残すことになるでしょう？」

しかし貝阿弥には響かない。落ち着き払った表情で言った。

「肝に銘じておきましょう。ではこちらからも忠言しておきます。彼女はまだ裁判にかけられてもいなければ、起訴さえされていません。生徒の学習進度を憂慮して代員を補充するのでしたら、本採用を避け、臨時採用にすべきです。この時点で彼女を切り捨てると不当解雇になりますよ」

「ぐぐっ……」校長の顔はさらに赤みを帯びた。

「今のまま行けば裁判は免れないのでしょう？　そうなれば九九％は有罪だと言うじゃないですか。あなたの行為はそれを助長しているようなものです。ぼんやりした黒をはっきりした黒、それも大きな黒にしようとしている。カラスはどうやったって黒いのです」

実井はここまでむきになった校長を見たことがなかった。興奮度は頂点に達しているように思えた。しかし貝阿弥はやはりマイペースだ。あっさりと返した。

「それでも白を目指すのが私の任務です」

「ば、馬鹿な……一体どうやって？　何か確証でもあると言うのですか？」

「いいえ、ありません」

「あきれました、話になりませんね。荒木コーチを救ったと聞いたので、どんなに優れた弁護士なのだろうと楽しみにしていたのですが……図に乗らないほうがいいですよ。ラッキーパンチはそうそう出るものではありませんから。こうなると彼女を不憫にさえ思います。実井先生も一緒に心中ですか、お気の毒に」

奸智《かんち》に長けると世評されている校長が、貝阿弥の態度にアイデンティティを失ってしまった。

校長室を出たところで、ずっとやきもきしていた実井が貝阿弥に言った。

「どうして例の推理だけでも出さなんだかなぁ……あれを聞いたら、校長だってあんな言い方をせんかったはずじゃ」

貝阿弥を慮ったつもりだ。だが彼にそれを受け入れる気配はない。

「証拠を掴んでもいないものをここで出して、何のメリットがあるのでしょう？」

飽くまでも素っ気ない。

「メリットって……少なくともあんたの優秀さは認めてくれたんじゃないのか？　あそこまで言われてワシは口惜しかったぞ」

「校長に認められても意味はありませんので、つまらない見栄を張ろうとは思いません」

「つまらない見栄じゃと、あの推理が？　そんな言い方はないじゃろう……」

心根には、校長に見下された悔しさがある。それだけに貝阿弥の辣腕《らつわん》ぶりを見せつけて自分の尊厳を少しでも取り戻したかった。それが叶わなかった今、実井とすれば虚しさの混じった憤りを感じた。

第四章　一意専心

一

それから数日して、葉桜の起訴が正式に決まったという連絡が貝阿弥から入った。それは実井にとってショックでしかない。心のどこかでは貝阿弥が無実を証明してくれると信じていたのだが、こうなるとほぼ有罪が確定してしまうのが日本の裁判だ。

車を降りて安否確認までしているのだ、被害者が示談に応じてくれないにしても、素直に非を認めて反省の色を見せていれば、裁判で情状酌量くらいは勝ち取れていたのではないか——ここに来て、実井は貝阿弥の取った行動に疑問を感じるのだった。

そして事故から一ヶ月後、ついに第一回公判日を迎えた。

貝阿弥はこの間、裁判で争うための準備を続けてきたと言うが、実井には何の進捗も報告されていない。ただ、全く関係のないアパレル会社や、流通関係の会社を調査していることだけは知らされていた。

一人の高校講師によるひき逃げ事故を扱ったものなので、第三者が関心を寄せるほどの裁判ではない。傍聴席は閑散としていた。その中で実井は校長の姿を発見して、いたたまれない気持ちでいた——恐らく校長は葉桜の有罪を確認するために来たのだろう。もしも通例以上の重い処罰が下された場合、彼のことだ、自分に全責任を押し付けて、教職員の前で鬼の首を取ったような顔をして高笑いするに違いない。

実井は背を丸め、目を合わさないようにうなだれていた。ところが、そんな彼に話しかけてきた者がいる。新聞記者の木杉だ。横に座ると声を殺して言った。

「とんだことになりましたね。新聞に掲載されて以来ずっと心配していたんですよ。結局示談にならなかったのですね」

急な声掛けだったが、実井としては心のどこかに、ほっこりとした感情を覚えた。

「ああ、被害者がうちの弁護士に会おうともしてくれなんだ……今日は判決を記事にしようと？」

「そんな訳ないじゃないですか。それは社会面の担当者がやる仕事です。私は純粋に葉桜さんの身を案じてきました」

「そうか……有難う。一人でも彼女の味方がおってくれて嬉しいよ。正直なところ、ワシは心細うて生きた心地がしてないんじゃ」

実井にとって、それは異国の地で邦人と出会ったような心境と言える。

しばらくすると、傍聴席から見て右手に被告人である葉桜と弁護人の貝阿弥、左手に検察官が入廷して座った。

葉桜は自分に非がないことを誇示したいのか、うなだれることなく毅然とした姿勢で検察官を正視している。裁判官がこれを見たとき、逆に加害者らしからぬ不敵な態度と捉え、不利益を被るのではないかと実井は危惧するのだった。

そして開廷の時刻を迎えた。裁判官が入廷して一礼すると、それに合わせ全員が起立して礼をした。いよいよ裁判の開始だ。

裁判官に促された葉桜は法廷中央の証言台前に立った。被告人扱いされていることに抵抗があるのだろう、まだ凛とした姿勢を保っている。しかし裁判官から人物確認の人定質問が行われると、これには素直に答えた。さすがに場だけはわきまえているようだ、飾り気も抑揚もない喋り方に、実井は安堵した。

次に検察官が起訴状に記載された事件の内容を読み上げた。実にシンプルなもので、日時と場所を特定したあと「被告人は車を運転中、左に急ハンドルを切り、後方を走行中のオートバイに接触し転倒させたが、そのまま救護活動することなくその場を立ち去った」という内容だった。

裁判官から黙秘権の説明が行われたあと、葉桜に向かって罪状認否が行われた。

ここで葉桜が「間違いありません」と答えれば自白事件として扱われ、意見陳述にさしたる時間をかけることなく「求刑」に向かって進んでいくのだが、彼女は「車にバイクが接触した認識はありませんでした」と証言した。この時点でこの事故は否認事件として扱われることになる。葉桜は裁判官の指示で元の席に戻った。憮然とまではしていないが、うなだれる訳でもなく、すましたその表情は、実井から見て虚勢を張っているようにも見えた。

次に検察官からの冒頭陳述が行われた。概要は次のようなものだ。

被告人が県道六〇号線から事故現場の市道に入り、自宅アパートに向かって車を運転していると、前方から自転車がライトをつけて近づいてくるのが見えた。狭い道幅だったため、自転車をやり過ごそうと減速したが、自転車はふらついて被告人の車の前方に寄ってきた。それを避けようと被告人が咄嗟にブレーキをかけて左にハンドルを切ったため、被告人の後方を走行していたオートバイは巻き込まれて転倒した。事故に気付いた被告人は、すぐに車を降り、被害者の安否を確認したのだが、大した被害はないと判断し、被害者を放置したまま事故現場を車で立ち去った。そのあと被害者は自力でオートバイを起こし、警察に事故報告をし、警察による現場検証の後、負傷した左足を治療するために病院に行った。

　続く証拠調べ手続きで検察官が請求したのは、警察による実況見分調書と医者の診断書だった。貝阿弥がこれに同意したので、検察官はその調書に基づいて説明を始めた。概要は次のようなものだ。

　まず事故現場の地図を示し、被告人と被害者の位置関係を説明した。次に道路上のブレーキ跡と、被告人の車体後方部についたオートバイのハンドルの跡を写真で示し、接触事故であることは間違いないことを押さえた。そして、被告人が車を降りて被害確認を行ったことは、被告人自身の供述で明確にされている点を挙げ、今回の事故は車を当ててオートバイを転倒させ、負傷を認知しながらもその場を去ったひき逃げであることを、診断書を添えて訴えた。

　次は被告人側の弁護人による立証となる。つまり葉桜が罪状を否認している以上、貝阿弥は葉桜の証言の裏付けとなるものを示さねばならない。

　ここで貝阿弥は次のように主張した。

　被告人は、自分の急ハンドル、急ブレーキによって生じた事故であることは認識しているが、車がバイクに接触したか否かは判然としていなかった。ただ、温暖な気温につき車の窓を開けていたため、被害者が発した悲鳴が耳に届き、バイクの転倒は察知できた。そこですぐに車を降りて被害者に安否確認をしたのだが、被害者が『急に車がハンドルを切ってきたので慌てて転倒してしまった。車には当たっていない。バイクの破損も、体に負傷もない』と言ったので安心してその場を離れた。つまり接触事故でもなく、被害者の安否確認もした上で現場を離れているので、このような訴えをされるとは夢にも思っていなかった。その真偽を確かめるべく、代理人として被害者宅に足を運んだのだが、一切会ってもらえなかった。被告側としては、この食い違いを明らかにしないまま審理を迎える訳にはいかない。

この発言を受けて裁判官が意見を求めると、検察官が悠然と立ち上がった。

「あらかじめ、被告人からもその旨の発言を聞いていましたので、被害者に伝えましたところ、本日は被害者の委託を受けた弁護士から、本公判への参加申し出を受けました。被害者参加制度に基づき、これを認めていただきたいのですがよろしいでしょうか？」

これに貝阿弥が同意したので、早速、傍聴席にいた恰幅の良い男性が証言台に立ち、宣誓のあと証人尋問が始まった。

「被害者が被告人の弁護人と一切会おうともせず、本日もあなたが代理人としてこの場に立ったことには、何か理由があるのですか？」

　検察官が訊くと、代理人がゆったりとした落ち着いた表情で答えた。

「被告人が車を降りて、安否確認したまではよかったのですが、被害者が『心配ありがとう。ハンドルが車に接触した拍子に、バランスを崩して転倒しちゃった。少し足を擦りむいたみたい。だけどバイクは大丈夫かな』と言うと、被告人が『な～んだ、大げさな声を出すから、びっくりしたじゃないの。大した事なさそうね』と見下したような視線を浴びせて、去って行ったらしいです」

　これを聞いた葉桜は「嘘じゃ、でたらめを言うな」と騒ぎ始めた。

　裁判官がこれをたしなめたので、代理人は話を続けた。

「お伺いしていた通り、勝気な方のようですね。被害者が一切弁護士の話に応じようとしなかったのは、このような特異な様相を醸し出す彼女の非常識さに、憤りを感じられたからです。しかし被害者は小胆な方で、裁判が開かれることには慄然とされていましたので、私が当日の無念さを伝えることを含めて、本日の代理を申し出ました」

　代理人の説明が終わると、再び検察官が訊いた。

「それで現在、怪我の具合はいかがですか？」

「外傷は消えましたが、まだ膝の曲げ伸ばしをすると痛みがあるようです」

これを聞くと、納得したように軽くうなずいて「私からの質問は以上です」と検察官が座った。

何ということだ、葉桜が騒ぎ立てることによって、まんまと代理人の証言を後押しする格好になってしまった――実井は隣に座っている木杉に対しても肩身の狭い思いをしていた。

次は被告人側の代理人による証人尋問となる。裁判官に指名された貝阿弥は、葉桜から期待の視線を送られながら起立して言った。

「あなたと被害者の関係を、明らかにしてください」

開口一番の尋問がこれだ。どういう意図なのか分からない検察官と裁判官は、えっ？　という表情をしている。しかし代理人は、心得ているとばかりに胸を張って答えた。

「あなたがいろいろ嗅ぎ回っていることは承知しています。お察しの通り、私は被害者が勤めているスーパー鶴藤の顧問弁護士です。この度の事故は被害者の個人的なものなのですが、スーパーのオーナーがとても人情深い方で、被害者から相談を受けて放っておけないとおっしゃるので、今回はその方の親心に応えて私が代理人を引き受けました」

この回答への反応はなく、貝阿弥は尋問を続けた。

「オーナーの息子さんは現在高校の野球部に所属しています。そして被告人はこの四月にその野球部の顧問に就きました。つまり二人は監督と部員の関係にあるのですが、確執があることはご存知でしたか？」

これを聞いた被害者代理人は、眉一つ動かすことなく、余裕綽々に答えた。

「初耳ですね。それが今回の事故に関係があるとでも？」

「プロを目指す息子に対して、それを妨げる要素があれば排除したくなるのが親心ではないでしょうか。この度の事故は、被告人の監督失脚を狙って母親が起こした可能性があるのではないか、と思ったまでです」

「何を言い出すのかと思えば馬鹿げたことを、非常識にもほどがある。公の、しかも神聖な裁判の場で、あなたは憶測でものを言い、他人の名誉を傷つけようとしているのですよ。お見受けしたところ、駆け出しの弁護士さんのようですね。もう一度、法律を勉強して出直してきてはいかがですか？　それとも何か証拠でもあるのですか？」

「事故当時、被害者は紺色のウインドブレーカーに身を包んでおり、バイクの転倒後、その上下とも全く破損していないことを被告人は確認しています。ところが医者の証言によると、病院では緑色のスポーツウェアーを着用し、ズボンの左が事故によって破れていたことになっています」

「どういう意味ですか?」

「もしかすると、事前に負っていた怪我をウインドブレーカーで隠し、病院ではそれを脱いで、あたかもこの事故によって受けた負傷であるかのように、偽装したのではないかと思っています」

「これまたふざけたことをおっしゃいますね。それは被告人の証言でしょう? 罪を認めたくないばかりに言い逃れをしているのです。真に受けるなんて、稚拙としか言いようがない」

「現在事故の目撃者を探しているのですが、難航しています。唯一の目撃者は対向してきた自転車です。これを避けようとして事故が起きた訳ですので、バイクの転倒音がすればそちらに目をやり、被害者を見ているはずです。被告人のドライブレコーダーに写っていたので運転者を特定することはできたのですが、奇妙なことに、その方も支店こそ違いますがスーパー鶴藤の従業員でした。これは偶然でしょうか?」

「ほほう、あなたの口から初めて興味深い内容が出てきましたね。もちろん私の知るところではありませんが、あなたはその自転車も結託していたとおっしゃりたいのですね？」

「その可能性はあると思っています」

「なるほどね。最初から随分失礼な質問を浴びせられると思っていたら、そう言う訳ですか。白面郎のあなたが、何とか功績を挙げようと必死になっているのは分かりますが、ご自身の都合のよいストーリーにつき合わされたのでは、たまったものではありません。この一帯にスーパー鶴藤の関係者がどれほどいるか、あなたはご存知ですか？　パートの方を含めると三百人を超えています。公道ですれ違うことがあっても何の不思議もないでしょう？」

「ただの偶然ならば、なぜその方はこちらの話を聞いてくださらないのでしょう？」

「ははは、あなたもいよいよどうかしていますね。私に訊かれても分かるはずないじゃないですか」

「私は納得できません。もしこの度の事故が策略を施したものでなければ、彼女がここに立って、目撃したことを証言しても良いのではないかと思っています。私は彼女の証言を得るまで、あきらめるつもりはありません。以上です」

代理人への尋問と言うより、最後は自分の考えを一方的にぶつけて貝阿弥が座った。

何とも変わった形態に、検察官も裁判官もキョトンとした表情をしている。そしてこれで最初の公判が終わったことになる。

実井にとっては、貝阿弥の尋問内容よりも、せっかく駆けつけてきてくれた木杉に、葉桜の醜態を見せてしまったことが遺憾でならない。

だが木杉の受け止め方は違っていた。

「葉桜さんは無実を訴えていたのですね、知りませんでした。代理人の証言に対してあれほど興奮するなんて、身につまされる思いです。私も彼女の潔白を信じています」

何と、そんな捉え方をしてくれていたのか——実井は彼を抱擁したいほど愛おしく思った。

しかしそれも束の間のこと、法廷を出たところで校長が待ち構えていた。

「実井先生、心労が絶えませんね、ご苦労様です。まさか栗原弁護士が代理人で出てくるとは思いませんでした。県内の法曹界では、企業弁護士として名の知れた方ですよ。それに比べてあの貝阿弥って弁護士は……こう言っては何ですが格が違い過ぎます、まるで横綱と小兵力士ではありませんか。それに何ですかあの陳腐な尋問は、まるで素人ですね。あそこまで無能だとは思いませんでした。クライアントの要求に応える、ですと？　無実どころか、自分自身の身の振り方も考えた方がいい。この裁判が終わったら、名誉棄損で訴えられるのではないですかね、ははは」

先ほど木杉からもらった英気が、深い海溝の果てに沈んで消え失せた気がした。

二

学校ではすでに葉桜の代員として、美術の非常勤講師が勤務していた。しかし実井が頑としてはねつけたので、野球部では葉桜の後任を探すことなく、監督兼部長として彼一人が頑張っている。

部員たちにとっては実井からの情報が全てとなる。従って「全国高等学校野球選手権岡山大会が始まる七月までには、葉桜が監督として戻ってくる」という彼の言葉を信じて、ひたすら葉桜が残していったメニューをこなしていた。

ただ、その中で佐藤だけは尊大な自尊心を誇示したままこれに加わっていた。そのため他の部員と足並みは揃わない。皆が腕章の交換に一喜一憂するのを、対岸の火事でも眺めるようなすかした表情でやり過ごし、これまで通りマイペースでピッチング練習を行うのだった。

この姿を見て実井は思った——あの母親のことだ、葉桜の被害者がスーパー鶴藤の従業員であることは、佐藤に知らせているに違いない。さらに裁判に顧問弁護士を登用したことくらいは伝えているだろう。それが親としての威厳を保とうとする彼女の自己顕示欲であり、存在価値なのだから。だが、この事故が貝阿弥の推測通り彼女の謀略によるものだとすれば、果たしてそれを彼は理解しているのだろうか。もし分かっていながらこの不遜な態度を続けているのだとすれば、余程面の皮が厚いか、性根が腐っているとしか言いようがない。確かに高飛車で厚顔無恥なところはあるが、そこまで人として地に落ちているだろうか……。

そう考えると、貝阿弥の推測自体が、独断的で希望的観測を含んだ思い込みであり、実は偶然の事故だった可能性も否めない。ここに来て実井は、再び窮地に追い込まれた鼠のような危機感を抱くようになっていた。

そんな矢先、実井は貝阿弥の誘いで、笠岡警察署まで葉桜の面会に行くことになった。本来、勾留による身体の拘束場所は拘置所とするのが原則なのだが、岡山県の場合は津山にしか拘置所がないため、警察署の留置場が代用されることが多い。

笠岡警察署は、国道二号線を車で五分ほど南下した場所にある。車の免許更新などで幾度か足を運んだことはあるが、拘留された人物との面会は初めてだ。貝阿弥が連れ添ってくれているとはいえ、実井はやや緊張していた。

面会室に入るや、立ち会い警察官に連れられて葉桜が入ってきた。アクリル板越しの彼女は、心なしか少しやつれて見えた。

伏し目がちに入ってきた彼女だったが、実井の顔を見るなり嬉しそうに「あっ、実ちゃん」と彼のことを呼んだ。それは雑踏の中で迷子になった孫娘が、自分を探し当ててホッと安堵した表情と重なって見え、実井の目頭を熱くさせた。

「元気そうでよかった。ちゃんと食事はできとるか？　睡眠はとれとるか？」

全く準備してもなかった言葉が、自然と彼の口をついて出た。それに対して葉桜が「うん」とあどけなくうなずいた。双方ともに同僚と面会している意識は失せている。

ところが、実井が「野球部のことは心配せんでもええけんな。誰が何と言おうが、ワシが後任なんか入れさせやせん」そう言った途端、葉桜の顔が稚児から鬼に豹変した。

「佐藤は、佐藤は現在どうしています？」

その剣幕に押され「あ……ああ」と生返事する実井。途端、彼も夢想の世界から現実の世界へと帰還した。

そして葉桜の険しい表情を見て、彼女が今回の事故に佐藤の関与を疑っていると察した実井は「現在奴は、元通り部で練習しとる」とだけ答えた。

すると彼女はすかさず、佐藤がどのような参加状況なのか訊いてきた。

実井とすれば苦しい立場にある。佐藤がグレーである限り阻害する訳にはいかない。それどころか、相変わらず好き勝手やらせている。

「いや……申し訳ない。ワシにはあんたのように強硬な指導ができんもんで、やはり特別扱いとなっとる」

非難されることを覚悟の上で、現状を伝えるしかなかった。

だが葉桜の懸念は、実井が思っているものではなかった。

「そうですか……奴にはそれが自分のマイナスになっていることが分かっていませんね……もったいない、あれだけの才能を持ちながら……」

意外な言葉だった。いや、これまでの彼女の彼に対する扱い、現在置かれている立場からすれば、突拍子もない内容と言えよう。

「えっ？　奴を認めとるんかな？」

思わず伏せていた実井の顔が上がる。これに葉桜は飄々と返してきた。

「それはそうでしょ、他の部員とは素材が違います」

　こうなると実井の関心は、佐藤に対する葉桜の評価へと傾く。

「じゃが、あんたはいとも簡単にあいつのボールを打ったじゃないか」

「それはボールのリリースポイントが早いので、球筋が分かりやすいんです。恐らく才能に甘えて十分なトレーニングを積んでいないために筋力、特に足腰が鍛えられていないんでしょうね。もう少し踏み込む足幅を広げ、足腰の粘りが出てくるようになれば、見違えるようなピッチングをするはずです」

　この分析力、まるで十年来やってきた監督ばかりじゃないか——実井は驚いた。

「それじゃ、最初からそうアドバイスをしてやれば良かったんじゃないのか？」

　素朴な疑問が口をつく。すると、これに対してまたもや葉桜の、彼女らしからぬ考えを聞くことになった。

「実井先生にも、うちのチームが勝てない原因はお判りでしょう？　奴があの高慢な態度でいる限り、他の部員は臆病風に吹かれたままです。いくらいいピッチングができるように育てても、勝てるはずがありません。荒療治が必要なんです」

　何ということ。「あたいは絶対じゃ。目障りなものは許せない」と言っていたが、やはりそこまで考えていたとは——あっけにとられた実井は思慮を欠き、つい口を滑らせた。

「そうじゃったのか……今回のこともあるし、てっきり佐藤を憎んどるものとばかり思っとった……」

次の瞬間、たちまち「奴もこの事故に絡んでいるんですか?」と葉桜の表情が険しいものに戻った。

この反応で実井は、余計なことを言ってしまったことに気付いてハッとなった。慌てて「いやそれは……」と口ごもる。そして咄嗟に「ワシもそこのところはどうなのかよく分からん——貝阿弥さんはどう思っとる?」ときまりが悪そうな表情をして逃げた。

このようなとき、貝阿弥は助かる。なにせ感情を表にあらわさないロボットのような人格なのだから。案の定、何の突っ込みもなく「佐藤君にもその母親にも会ったことがないので、私には分かりません」と機械的に返してきた。

それはそうだろう、事故とも事件とも判別できていない段階で、さらに佐藤までも共犯と疑っているのは、明らかに実井の勇み足なのだから。

しかしせっかく話題を振ったのだ、佐藤のことはさておき、実井はこれまでに気になっていることを貝阿弥にぶつけてみた。

「ワシはもちろん葉桜の無実を信じとるよ。信じとるんじゃが、それにはあんたが言うように、葉桜の証言を裏付けしてくれる目撃者でも現れん限り、難しいことも理解しとるつもりじゃ。じゃがその目撃者を、あの自転車の運転者に期待しとることを、公判で相手方に明かす必要があったんじゃろうか。もし偶然の事故じゃった場合、目撃者が自分の傘下にいると分かれば、佐藤の母親が手を打ってくるに違いないし、逆にそうじゃなくて、あんたの推測通り仕組まれていた事故じゃったとしても、あんたの切り札がそこにあると知ったら、先手を打たれるだけじゃろう」

実井は先日の公判で、被害者の代理人に対して、貝阿弥がまるで負け犬の遠吠えのように手の内をさらしてしまったことを、疑問に思っていたのだ。

「それなのですが――」貝阿弥が全く悪びれることなく言った。

「――次の公判では、その運転者である望月芳江さんが、検察側の証人として証言台に立つことになったようです」

「なっ、何じゃと！　つまり敵に回ると？　葉桜の証言を否定して、ひき逃げの証拠固めに使われるんかな？」

「そういうことになりますね」

「それじゃ、今ワシが言った通り、こちらの手の内を知った検察側が、逆に利用しようとしているってことじゃないか」

「そうでしょうね」

「そうでしょうって、何でそんなに落ち着いていられるんじゃ。あんたが蒔いた種じゃないか。こっちが認めた目撃者である以上、彼女が被害者の言い分を正しいと証言したら、もうそれで終わりじゃが……まてよ……あれほど頭の切れるあんたのことじゃ、もしかすると全部計算ずくめにことが進んでいるんか？　もしそうなら、これからどうしようと思っているのか教えてくれんかな」

「全く聞く耳を持たなかった彼女を、証言台に引っ張り出すところまでは漕ぎ着けた訳ですから、あとは情に訴えるだけです」

「それ、本気で言っとるんか？」

「もちろん本気ですよ」

　こうなると、貝阿弥の無表情が恨めしい。あきらめているのか勝算があるのか、仮面の向こう側で何を思っているのか見当がつかない。実井が、やれやれ、と落胆気分で葉桜に目をやると、彼女は実井のこの言動に少なからずショックを受けているように見えた。

　まずい——励ましの言葉を投げかけずにはいられない。

「あっ、もちろん正義は勝つよ。勝つに決まっとる。世の中そういう風にできとるもんじゃ……と、それから言い忘れとったが、木杉さんも公判に来てくれとった。あんたの無実を信じて応援してくれとるからな」

これにすかさず葉桜が反応した。

「えっ？　木杉さんが来てくれていたんですか？　気が付きませんでした」

目を輝かせた彼女を見て、実井が胸をなでおろしていると、貝阿弥が口を挟んできた。

「実井先生の隣にいらした男性ですね。同僚の方ですか？」

「いや、彼は岡光新聞の記者じゃ。ずっとうちの野球部を取材してくれていて、あの日も葉桜を案じて駆けつけてくれたんじゃ。じゃから記事のネタにしようと思った訳じゃなく、私的に葉桜を心配してくれとんじゃ」

「それは使えるかもしれませんね。もしよろしければ紹介していただけませんか？」

「ああ、ええけど。名刺で良かったらここに持っとるで」

実井が懐の財布の中からそれを取り出して渡すと、貝阿弥が「お借りします」とじっくり眺めた後、名刺入れに収めた。

どうしようというのか、尋ねてみたい気もするが恐らく答えてはくれまい。突っ走

る電車に向かって、まるでタクシーでも停めるかのように手を挙げるようなものだ
――実井は貝阿弥との間に、それほどかみ合っていない実感があった。

三

三週間が経ち、第二回目の公判を迎えた。

早々と法廷入りした実井は、傍聴席の一番後ろで顔を伏せ、入廷してくる人物を確認している。

やはり校長が来た。学園の責任者として当然の責務であることは分かっていても、葉桜の有罪を確認するために来たとしか思えない。本来なら自分から挨拶すべきだとは思いつつも、目を合わせたくないがために、実井はこうしてうつむいているのだ。

すぐ後にもう一人知っている顔が入ってきた。スーパー鶴藤の顧問弁護士栗原だ。すでに勝ち誇ったように肩をそびやかし、笑みを浮かべている。自分の顔は割れていないと分かっていても、彼が近づくと磁石の同極同士が反発し合うように、実井の体は勝手に反対方向に揺れた。そして、がらんとした法廷内でわざわざそこに陣取るか、

と思ったが、彼は実井のすぐ前に座った。

報道陣もいるのだろうか、スーパー鶴藤の関係者もいるのだろうか、ともかくあとは実井にとって面識のない顔ぶればかり。これを四面楚歌というのだろう。

この場所で、数時間後に、もし皆が栗原の周りに集まって笑顔で握手を求めている絵が待っているとすると、自分はどのような表情でそれを見なければならないのか。恐らく校長は冷笑しながら、そのような自分に憐れみの視線を浴びせているに違いない——実井は一回目の公判にも増して、生きた心地がしていなかった。

それにしても木杉はどうしたのだろう。彼がいてくれればもう少し心丈夫でいられるのに——実井がそう思っていると、彼はようやく検察官の証人尋問が始まろうとしているときに入ってきた。

「実井先生、なぜこんな後ろにいるんですか。一番前に行きましょう」

人の気も知らず勝手なことを、と思いながら、実井は促されるまま最前列に移動した。

自転車を運転していた望月芳江が証言台に立った。彼女が宣誓書を読み上げると、裁判官から「虚偽の陳述は過料の制裁の対象となる」との念押しがあり、検察官からの尋問が始まった。

「四月二三日一八時四〇分ごろ、あなたは笠岡市カブト北町の市道を、県道六〇号線に向かって自転車を走らせていましたね。その時、対向してくる車ともう少しで衝突しそうになりませんでしたか？」

もちろん出来レースである。被告人の証言を覆すための用意周到なシナリオを、順を追って読み上げているに過ぎない。提訴した以上、彼は検察官の威信をかけて、有罪に持っていかねばならないのだ。

そして証言台に立つ彼女もしかりだ。今回の事故が仕組まれたものであるとすれば、被告人の有罪は彼女の狙いそのものと言える。動き始めたベルトコンベアの上で、目的地に向かって胡坐《あぐら》をかいていればそれが果たせる。実井の空漠たる思いを尻目に、問答は淡々と進んだ。

「はい、風にあおられて、車の前に飛び出してしまいました」

「その時、車はどのような動きをしましたか？」

「急ブレーキをかけて、私から見て右に向かって急ハンドルを切りました」

「その時、その車が後方から来るバイクを巻き込んだことは、認識しましたか？」

「はい、女性の『キャー』という叫び声とともに、大きな音がしましたので、そちらに目をやるとバイクが倒れていました」

「その時、車のドライバーがどのような手立てをしたか見ましたか？」

「いいえ。車を端に寄せて停めたところまでは確認したのですが、私が原因で起こった事故なので、気が動転してその場を去ってしまい、あとは見ていません」

「加害者側が、事故の目撃者を探しているのは知っていたでしょう？　それに応じなかったと聞いていますが、なぜでしょう？」

「私に責任を追及されると思ったので、怖かったのです。すみませんでした」

「それじゃ、被害者についてお伺いします。どんな方でしたか？」

「ヘルメットをしているのでよく分かりませんでしたが、悲鳴からして中年のご婦人だと思いました」

「どのような服装をしていたか覚えていますか？」

「緑色のジャージだったと思います」

「夕暮れ時で、自転車のヘッドライトを点けていたのでしょう？　それでも見えたのですか？」

「私は安全のため、いつもライトをつけることにしているだけです。あの時もまだ十分明るくてよく見えました」

「あなたはスーパー鶴藤の従業員をしていますね、被害者の女性もスーパー鶴藤の従業員です。面識はありますか？」

「いえ、あとで知りました。支店が違うので、恐らく今見ても顔は分からないと思います」

「そうですか、有難うございました。私からは以上です」

これで終わった、全て終わりだ。予想していたとは言え、彼女は完ぺきなまでに被害者側の証言を立証した。情に訴えると貝阿弥は言っていたが、完全試合を目前にした投手に対して「やられる側の身にもなってください」と懇願するようなものだ。まさか本当にそんな場違いなことをやる訳じゃあるまいな——実井は絶望感で目の前が真っ暗になった。そして背後で校長や弁護士の栗原、それに多くの被害者側の関係者が、口角を上げて喜んでいる姿をひしひしと感じていた。

引き続き貝阿弥による尋問となった。

「あなたはスーパー鶴藤に勤務して、何年目になりますか？」

ベルトコンベアを降りた証人は、ここから自力で歩かなければならない。貝阿弥は彼女が立ち止まらないよう、答えやすいものから問い始めたように実井には感じられた。

「今年で三年目になります」

それでも証人は警戒して、恐る恐る答えている。

「現在、どのような業務に就いているのですか？」

これに彼女は「お惣菜を作っています」と答えた。その表情には、まだ猜疑心が窺える。

「四月二〇日、つまりこの事故が起きた三日前です、いつもは自転車で通勤するはずのあなたが、歩いてスーパー鶴藤に行っていますよね、それはなぜですか？」

意表を突いた質問なのだろう、貝阿弥にこう尋問された途端、彼女は青ざめてうつむいた。

「お答えください」

貝阿弥が促すと、検察官が異議を申し立てた。

「質問の意図が分かりません。この度の事故との関係性を示してください」

裁判官がこの異議を認めたので、貝阿弥は「もうしばらくお待ちください。今回の事故と重要な関わりがあるはずです」そう断って同じ質問を投げかけた。

証人は狼狽しながらも、か細い声で答えた。

「家を出るとき、タイヤがパンクしていたので歩きました」

「スーパーまでは、どれくらい時間がかかりましたか？」

「自転車を使えば五分くらいで着くのですが、あの時は三〇分ほどかかりました」

「それが原因で、あなたは朝の業務打ち合わせに間に合わなかった。こんな場合は、遅れた人に誰が打ち合わせの内容を伝えることになっているのですか？」

「惣菜主任の米山守さんです」

「どのような方法で伝えられるのですか？」

「普通は直接口で伝えるのですが、あの日は米山さんにも広島に出張命令が出ていましたので、出かける前に私あてにメモを残してくださいました」

「どのような内容だったのでしょう？」

貝阿弥のこの質問にどのような意味があるのか、ともかく彼女は再びうつむくと、わなわなと震え始めた。今にも泣きだしそうな形相だ。

不穏な気配を感じた検察官は、看過できない、とまた裁判官に異議を申し立てた。しかし裁判官がこれを却下したので、貝阿弥が続けた。

「お願いします、メモの内容を思い出してください」

彼女はしばらく躊躇した様子を見せていたが、やがて両こぶしを固く握って震えながら言った。

「アパレル鴨井の従業員の中には、小麦粉アレルギーの人がいるので、注文を受けた今日の弁当に入れる揚げ物には、米粉を使用するように、そう書いてありました」

「ところがあなたはそれを無視して小麦粉を使用した」

貝阿弥のこの言葉を聞いて、彼女は一転、顔を上げて声を張った。

「いいえ、無視した訳ではありません。メモがあるなんて知らなかったんです」

「それが原因で、アパレル鴨井の一人はアナフィラキシーショックを起こし、あわや救急搬送されそうな症状に陥った。スーパー鶴藤からすれば一大事件です。『公にされると店の存続さえ揺るがしかねない大問題』オーナーからそう言われませんでしたか？」

「……はい」

彼女は沈んだ表情に戻り、小さくうなずいた。

「オーナーから責任を問われているあなたを見て、米山主任は心を痛めたそうです、オーナーからの指示でメモを残したが、電話かメールにすればよかった、と。それで肝心のそのメモはどこにあったのですか？」

「落ちて、作業台の下にもぐりこんでいました」

「あなたはそれを、バタバタしていたので風が起こり、偶然落ちたのだと思ったのでしょう？　あなただけじゃない、米山主任もね」

「えっ、違うんですか?」

「私が調べたところ作り事だったみたいですよ」

「作り事……何がですか?」

　彼女が眉根を寄せた。

「あの日、アパレル鴨井では新入社員の歓迎会があった。お弁当はそのために会社が注文したものです。そして全員がスーパー鶴藤の弁当を食べた。それだけです。アパレル鴨井に問い合わせたのですが、小麦粉アレルギーの人はいない、と返ってきましたよ」

「そんな……」

「オーナーが言ったそうですね『今回の不祥事は、自分の力で表沙汰にしなくて済んだ。しかしあなたには、いずれ償いをしてもらう』ってね。それがこの度の偽装事故ではないですか? つまり、あなたが自転車を使って被告人の車に急ハンドルを切らせ、もう一人がバイクで後ろから車に巻き込まれたように見せかけて転倒した」

　貝阿弥のこの説明を聞いて「ええっ!」と法廷内のあちらこちらから驚きの声が上がった。しかし彼女は再びうつむいたまま口を閉ざし、それに答えようとはしない。貝阿弥は関係なく続ける。

「米山主任はとても責任感の強い人ですね。そして思いやりのある方です。私のこの説明を聞くまで、この度の事故にあなたが関わっていることさえ知らなかったみたいです。高卒で入社してきたあなたを、まるで娘のように目を掛けていたのに、犯罪の片棒を担がせるなんてとんでもないことをさせてしまった、と悔やんでいらっしゃいました。パンクも、メモを隠したのもオーナーによる工作、そう考えると会社自体を許すことはできない、と彼の正義感に火が点いたみたいです。これまで目をつむってきた会社の不正を内部告発する、と立ち上がられました」

「ええっ？　それ、いつのことですか？」

彼女が驚いて顔を上げた。

「今ですよ、たった今。恐らく行政による立入検査が行われているはずです」

貝阿弥が傍聴席に目をやると、実井の横で木杉が両腕を頭の上に掲げて、大きな丸を描いてこれに応えた。

実井は思わず木杉からのけぞるようにして「ええっ！」と驚きの声を上げたが、その声は誰の耳にも聞こえなかったに違いない。それほど一斉に、法廷内ほぼ全体から驚愕の声が響いたのだ。

そしてすぐさま、傍聴席にいた何人かは、スマホを取り出して室外に出て行った。

スーパー鶴藤の関係者が、真偽の確認をとろうとしての行動だろう。

「どういうことじゃ？」

実井はすかさず木杉に訊いた。

「あの弁護士さんから情報をいただいたので、うちの社員が手分けをしてスーパー鶴藤の各店舗を張っていたんですよ。何せ特ダネになりますからね。そして先ほど一斉に『査察が入った』と連絡を受けましたので、私は入廷して最前列に座りました。ここに座ることが、あの弁護士さんへの、査察が入ったサインだったのです」

いかにも得意そうに木杉が言った。

これほどの騒動を起こしながら、貝阿弥は相変わらず無表情だ。さらに証人に語り掛ける。

「私は産地偽装と計量法の違反を調べていたのですが、米山さんはそれ以外に、食品衛生監視票に示されている食品取扱設備・機械器具の不備と消費期限の偽表示、それに食品の調理およびその保存方法に関する基準違反などを挙げていらっしゃいました。恐らくスーパー鶴藤には業務停止命令が下されるでしょう。スーパー鶴藤と言えば、この地域一帯に権勢を誇る量販店です。米山さんはそんな店に反旗を翻した訳ですから、大勢の方から非難を浴びる可能性があります。しかしそれを覚悟の上でこのような行動を起こされました。今度はあなたの番です。彼の援護をするためにも是非、勇気ある証言をいただきたいと思っています」

　この言葉を受けると彼女の目から大粒の涙がこぼれた。

「大変申し訳ありませんでした」

　そう謝罪すると、事故の全容を証言し始めた。それはまさしく貝阿弥が組み立てたパズルそのものだった。

四

　数日後、被害者を装っていたオートバイの運転手立花峰子が自白したので、葉桜は晴れて放免された。

　警察の調べによると、立花峰子もスーパー鶴藤に弱みを握られていた。彼女の息子が発注ミスをしたため、会社が多大な損失を受けたというものだ。立花峰子は息子を会社に在籍させるために一肌脱いだつもりだったが、この一件も佐藤の母親による偽装工作であることが明らかになった。

佐藤の母親は詐欺、脅迫の容疑で逮捕された。そして彼女の供述をもとに、顧問弁護士である栗原昇は、詐欺の共謀共同正犯の容疑で取り調べを受けている。佐藤の父親は事故への関与を否定しているが、スーパー鶴藤のオーナーとして、経営に関わる数々の不正について同じく取り調べを受けている。

「平松法律事務所……あった、ここじゃ、ここじゃ」

実井は、名刺を頼りに貝阿弥の所属する法律事務所を訪ねた。なにせ依頼をするとすぐに倉敷から笠岡まで来てくれたのだ。それに加えて今回の見事な解決劇、貝阿弥へのお礼だけは早めにこちらから足を運ばなくては罰が当たる、と馳せ参じた次第だ。その事務所は国道二号線沿いの貸しビル内にあり、二階の大きな窓に所名が掲げてあるのですぐに分かった。

事務所の扉を開けるとドアチャイムが鳴り「いらっしゃいませ」と衝立の向こうから女性が出てきた。これを見て実井は慮外な衝撃を受けた。それは貝阿弥が弁護士を名乗ったとき以上のものだった。

年は葉桜よりも若そうだ。いや、どちらかと言えば高校生くらいに見える。しかしこの際、そんなことはどうでもよい。問題はそのファッションにある。茶髪のショートヘアーには真っ赤で大きな髪留めが、まるで平屋建てのアパートの屋根に、金の鯱《しゃちほこ》が飾られているような不釣り合いさでちょこんと乗っている。ネイルカラーもタイツも、どうだ、と言わんばかりにピンクで誇張され、さらに視線を落とせば真っ赤なエナメル製のローファーが見事なまでの光沢を放ち、歓楽街のネオンのごとくきらめいて見える。一体何を目指しているのか——学校を出るとき「法律事務所に行ったら、女性の事務員さんによろしくお伝えください」と耳打ちしてきた卓球部津村の、その含みのある笑顔の理由が理解できた。

「えっと、あの……緑豊学園から来ました——」

頭は回っていない。それでも要件を伝えねば、と実井が名乗りかけると、その女性が先回りした。

「実井先生でいらっしゃいますね、お伺いしています。中にお入りください」

実井の戸惑う表情を気にも留めず接客する彼女。しかしその応対ぶりはごく普通だ。葉桜を知っているだけに、それ以上の爆発力を覚悟していた実井にとって、やや拍子抜けと言える。

招かれるまま室内に入ってみれば、殺風景な中に応接セットが設置してある何の変哲もない空間が広がった。とりあえずピンクサロンを目指している訳ではないことが分かった。

「あのう、貝阿弥先生を――」

実井がそう言いかけると、また先回りされた。

「貝阿弥でございますね、心得ています。そこにお座りになってお待ちください。すぐに呼んで参ります」

まるでヘビメタなロックバンドの中で、袈裟を着て木魚を叩く僧侶を見ているのではないかと思えるくらい、違和感のある普通の接客――実井のもやもやを掻き立てたまま、彼女は衝立の向こうに姿を消した。

衝立は単に、事務所を目隠しするためにセットされているに過ぎず、遮音効果はないようだ、向こう側の声がこちらに駄々洩れしている。

「またじゃ。またまた、あんたのことを先生と呼んどるで、貝阿弥君。今までのクライアントは若かったけど、今度は老人じゃがな。あんな年上の人にまで先生呼ばわりされて、あんたも偉うなったもんじゃやな」

彼女の声だな。それにしても何と失礼なもの言いなのだろう――実井はムッとした。しかし、どのような表情で貝阿弥がそれを聞いているのかは分からない訳で、彼を尊崇する気持ちが変わることはない。ここは大人にならねば、と自分をなだめるのだった。

　ほどなく衝立の向こうから貝阿弥が姿を見せた。実井が立ち上がって挨拶をしようとすると、彼は右手のひらを立てた。

「どうぞそのままで」

　やはり貝阿弥だ、彼女とは違って裏表がない。こうでなければ——愛想も何も顔に出さないが、その無表情さに畏敬さえ感じる実井だった。

「この度は大変お世話になりました。本当なら葉桜も連れてくれば良かったんじゃが、彼女は解放されるとすぐに実家の西粟倉へ帰ってしもうた」

「例のおばあさんですね。確か窪田早苗さん……保釈金の件ですか？」

「ああ、そうじゃ。せっかくおばあちゃんが用立ててくれたのに、使うこともできんかったけんな。返しに行った」

「私の力不足です。申し訳ありませんでした」

「何を、何を、とんでもない。日頃の彼女の態度を見とると分かる。あの粗暴な言動で無実を訴えとるんじゃ、保釈でもしたら、そのまま被害者宅に乗り込んでいくかもしれん。検察があんたの要求に応じなかったことは十分理解できとる。それでもおばあちゃんの話をする彼女は、とっても優しい目をしとった。心配をかけた上に、こんな大金を準備してくれて申し訳ない、と眉間にしわを寄せとった。あの様子じゃと、きっと今ごろ、二人で肩を抱き合って泣いとるんじゃないかな」

実井がしみじみ話をしていると、先ほどの女性がお茶を運んできた。

「この度は、当法律事務所をご利用いただきまして有難うございます」

咄嗟に実井は衝立の向こうでの会話を思い出した――この変わり様……よくもまぁ、いけしゃあしゃあと……。しかし大人になろうと決めたのだ。

「いえ、いえ、こちらこそ。卓球部の件に続き、今回はうちの女性教員が救われました。このように優れた方に弁護頂いて、心より感謝いたしております」

柔和な表情を作り、謝意を陳ずるおじさんになり切った。

そのような実井の心中など知る由もなく、彼女は社交辞令を言ってきた。

「まあ、お世辞がお上手ですこと。あなたのような品格のあるダンディーな方にそう言っていていただけると、恐縮しますわ。かえってご迷惑をおかけしたんじゃないかと気をもんでいましたのよ」

どの口が言っている、とあきれた実井だったが、貝阿弥への恩に偽りはない。

「迷惑だなんてとんでもない。本当に感謝しております」

念を押すのだった。しかし彼女は続ける。

「ひき逃げ事件と聞いたときは、うちの貝阿弥で大丈夫なのかと心配しました。ところが車が少しかすっただけだというじゃないですか。普通なら裁判になる前に片付きますよね。どんなに融通が利かないのか、この人にはあきれていたんですよ。さっさと示談に持ち込めばよかったのに。それが腕の立つ弁護士ってものですよね」

「な、何をおっしゃるか、それだと罪人になっているでしょ。分からんのかな、雲泥の差じゃ。他の弁護士に頼まなくて本当に良かった」

　非常識な彼女に我慢しきれなくなり、つい興奮する実井だった。しかし彼女は気にも留めていない様子だ。ケロリとした顔で言った。

「それにしても不思議なんですよね。この人が関わる事件には、いつもラッキーが付きまとうんです」

「ラッキーじゃと？　今回の事件も？」

「だってそうじゃないですか。まだ裁判の審理を行っている途中だったんでしょ？　そのタイミングに内部告発があって、被害者の勤める会社が業務停止命令をくらった。だから会社の脅迫に屈していた被害者に恐れるものが無くなり、事故の真相を自白した。そう貝阿弥君の報告書に書いてありましたよ」

「何でそんな書き方を……」

実井は驚いて貝阿弥に目をやった。

「えーっ、違うんですかぁ？　――」実井の表情を見て彼女が軽率短慮に言った。

「――新聞を見ても、会社の不正と交通事故を関連付けて書かれたものがないので、あの報告書を見ればそう信じるでしょう？　それとも他に考えようがあるんですかぁ？　それにあの栗原弁護士が摘発されるとは思いませんでした。この業界では有名な人ですよ。うちの事務所でも、まさか会社の不正がきっかけで、彼の悪事が明るみに出るなんて思ってもみなかったって、みんな驚いていますよ。形からすると貝阿弥君に負けたことになりませんか？　これもラッキーですよね？」

「ラッキーも何も、正真正銘、貝阿弥さんが奴を――」

そう言いかかると貝阿弥が「もうその辺でやめておきましょう」と実井の言葉を遮った。そして彼女に向かって言った。

「江見さん、いつもながら私とクライアントの話に首を突っ込み過ぎです。まだ事務仕事が残っているのでしょ？」

「またじゃ。クライアントがあんたのことを褒めにかかると、いつもあんたはそれを私に聞かせんようにしようとする」

「気のせいですよ」

「気のせいなんかじゃないじゃろ。そのあと事務所で『クライアントが思い違いをしているだけだ』みたいなことを言って、私を丸め込もうとしとるじゃないの。優秀な弁護士に見られたい気持ちは分かるけど、他人に見栄を張らん方がええよ」

「確かにそうですね。心得ました」

　この言葉に納得したのか、彼女は実井に「そう言う訳です。あまりこの人を買いかぶらないようしてあげてくださいね。あなたが紹介を受けてこの人を指名したように、期待して依頼する人が出てくると、この人も依頼した人も気の毒ですから」そう言うと、ぺこりと頭を下げて衝立の向こうに姿を消した。

「どういうことじゃ？」

　実井が首をかしげると、貝阿弥がいつもの能面のような表情で言った。

「気になさらないでください。彼女は彼女なりに、私のことを気遣ってくれているのです」

「じゃって、勘違いしとるのは彼女の方じゃろう。どう考えても今回の解決はあんたの力があってこそじゃ。ラッキーなんかじゃない。何なら、ワシが彼女に説明しちゃろうか？」

「いえ、結構です。現在の関係でいる方が、私にとっても彼女にとってもベストに思えますから」

「へえ、そんなもんかのう……しかし今回は佐藤の母親と言い、自分の危険を顧みずオートバイを接触させた立花さんと言い、母親が息子のためにそこまでするのかと驚かされましたわい」

「母性愛なのかもしれません。数年前にポルトガルの神経科学研究チームが発表しているのですが、動物の母親には、わが身を犠牲にしても果敢に敵と戦って、子どもを守ろうとする特質があるそうです。母親の愛情ホルモンが自己防衛本能をストップさせ、献身的な行動に踏み切らせるというものなのですが、人間にもそう言った面があるのかもしれませんね」

「ふ～ん、なるほどなぁ……それにしてもワシはあんたにも驚かされっぱなしじゃ。まさかスーパー鶴藤を、丸ごとひっくり返すとは思わんかった。その過激さと言い、実際に黒を白にしたことと言い、葉桜以上にあんたは奇想天外じゃ」

「被害者を装った立花さんは、ガードが堅くて手が出せそうにありませんでしたので、自転車の望月さんに視点を変えたまでです。そして行き着いたのがこの度の結果、先ほど事務員が言ったように、偶然の賜物としか言いようがありません」

「偶然じゃなかろう。ああでもせん限り、立花さんも望月さんも自白せんかったと思うで。全て計算ずく、あんたのシナリオ通り、ワシにはそうとしか思えん。うちの校長も言うとった『一杯食わされた』とな。あの時の悔しそうな顔ったらなかったで。あんたにも見せたかったくらいじゃ。恐らくあんたは、校長室であえて無能ぶりを演じたんじゃろう。もし佐藤の母親がそれとなく校長に探りを入れてきたとき、あんたのことを切れ者だと知ったら警戒するからな。あの時点で望月さんへの疑惑を口に出しとったら、全てオジャンになっとった可能性がある。あんたはとんでもない人じゃ……いや、これは悪い意味じゃないんで。あの栗原弁護士が有名な奴なら、それを倒したんじゃ、もっと大々的にアピールして名を馳せたらええのに」

「そんなことに興味はありません。依頼者の要求に応えることが私の使命、それだけのことです」

「またまたこれじゃ。あんたが考えとることは、凡人のワシには理解できそうにないわ」

最後まで鉄仮面を被った貝阿弥に、実井は苦笑した。

五

二日後、葉桜は緑豊学園のグランドに立っていた。

「遅い！」

腕組みをした葉桜は、部室から出てきた一年生に向かって怒鳴り声を上げた。

「あっ、監督さん……」

驚きと、喜びと、懐かしさの混じった複雑な表情を浮かべると、その部員は各学年の部室のドアを激しく叩いて回った。

「監督さんじゃ、監督さんが戻ってきたで！」

「えーっ、ホントか？」

ドアが一斉に開いたかと思うと、まだ着替え中の者までが葉桜を確認しようと、部室の中から飛び出してきた。それを見て葉桜の容赦ない怒号が響く。

「おい、お前ら、時間がどれだけ貴重か分かっとんか？　それとも体で覚えさせせちゃろうか？」

すかさず「はいっ！　すぐに行きます」と部員たちは快活な返事をしたかと思うと、部室に駆け込み、ドタバタ賑やかに着替えている気配がする。そして一分足らずで全員が葉桜の前に整列した。中にはスパイクを履く間がなく、手に持っている者までいる。

「ほほう、やればできるじゃないか」

そう言うと、葉桜は腕組みをしたままゆっくりと部員の顔を見回した。皆、嬉しそうな表情をしている。

「みんな元気そうで何よりじゃ……やっぱりシャバはええなぁ……」

冗談にも取れる彼女の言葉に「ははは」と気を遣って笑う声も聞こえるが、うつむいて歯を食いしばり、涙をこらえようとする者もいる。

「何にしても長い二ヶ月じゃった。どうなるかと思ったけど、とにかく県大会に間に合って良かった。お前らと甲子園に行く約束を果たさんといけんからな。お前らもそのつもりで、今日まで手を抜かずに頑張ってきたんじゃろうな？」

「はいっ！」

威勢の良い声が揃った。

「そうか、それなら早速、その成果を見せてもらうとするか……じゃが、佐藤の姿が見えんな。あたいがいなくなってからは、ずっと練習に来とったたって聞いとるが……」

　この言葉を聞いて、皆が怪訝そうに顔を見合わせている中、キャプテンの金森が言った。

「監督さんは聞いていらっしゃらないんですか？」

「何をじゃ？」

「監督さんの容疑が晴れた途端、彼は学校に来なくなりました。あんなことがあったんです、もう学校を辞めたんじゃないかって、みんなで噂していたんですよ。だって、仕方ないと思います、母親の力を借りて、監督さんを辞めさせようとしたんでしょ？　新聞を見てびっくりしました。僕たちは絶対に許せません」

「ふ〜ん、なるほどな……」


　翌日、佐藤はグランドで葉桜と向き合っていた。ずっと彼の女房役をやっていたキャッチャー清水を通して、呼び出されたのだ。葉桜の隣には実井、そしてそれを取り囲むように、野球部員が大きな輪を作っている。

「スーパー鶴藤の不正が摘発されて以来、学校を休んでいるそうじゃないか。お前にも羞恥心があったんじゃな」

　葉桜が腕組みをして佐藤に話しかけた。しかし佐藤は直立不動で無言だ。眉一つ動かさず、葉桜を正視している。その表情には緊張感が窺える。

「ようやってくれたな。あたいは大事な時間を二ヶ月もドブに捨てた。犯罪の汚名を着せられて牢獄の中じゃぞ。それがどれくらい悔しいかお前に分かるか？」

　この問いかけに、佐藤は微動だにせず答えた。

「今さら何を言っても信じてもらえないと思いますが、あれは母親が勝手にやったことで、俺は知りませんでした」

「お前らしいな。責任を全部親に擦り付けて、自分はいい子でいようという訳か」

「そうじゃありません。自分なりにけじめをつけようと、覚悟を決めて来ました」

「ふ～ん、覚悟ねぇ……一体どんな覚悟なんか聞かせてもらおうか」

「あなたに謝罪した上で、この学園を去ろうと思っています」

「やっぱり分かってない、お前はトンチンカンな奴じゃ。お前が迷惑をかけたのはあたいだけじゃない。ここにおる全員がお前に腹を立てとる」

「それじゃどうすれば？」

　ここで初めて彼の眉が動いた。

「そうじゃなぁ……プライドの高いお前が地べたに這いつくばる姿を見て、みんなで笑うのもええなぁ……」

「それは俺に、土下座をしろってことですか？」

「あたいにだけじゃなく、ここにおる全員一人一人が『許す』って言うまでできるか？」

「……分かりました」

そう言うと、佐藤は葉桜に向かって膝をつき始めた。

「ちょっと待て――」葉桜がそれを止めた。「――あたいは二ヶ月も苦しんだんじゃ。それに、一歩間違えば罪人として一生を棒に振っとった可能性だってある。それをお前の憐れな姿を数分間見るだけで終わらせたんじゃ割に合わんな。とても気が済みそうにないわ。やるんなら徹底的にやらんと自分の性分に合わん」

「それじゃどうしろと？」

「そうじゃなぁ……」葉桜は少し考える仕草をすると、周囲の部員たちに視線を移した。

「お前らはどうしたい？」

「僕たちですか？」反応したのはキャプテンの金森だ。

「僕は土下座でもいいんですが、監督さんがそうおっしゃるのでしたら――みんなうじゃろ、監督さんが二ヶ月間も辛い目をされたんじゃ、佐藤君にも同じ期間、苦役を強いるというのは」

「それええな。佐藤君にはずっと見下されてきて、何かあるごとに舌打ちされとった。それがどれほど不快な気持ちになるのか、身をもって体験してもらおうか」

答えたのは他の三年生部員だ。皆も「それ、ええな」とうなずいている。

「ほほう、なかなかいいアイデアじゃな」

葉桜も同調した。しかし佐藤はこれに渋い表情だ。

「それに応えることはできません。さっき言ったように、俺はけじめをつけるために来たんです。このあと学校に提出しようと、退学届も用意しています」

「はっはぁ、とっとと逃げ出そうという気じゃな。いかにもお前らしいわ」

葉桜が憎々しげに言った。

「別に逃げ出すつもりではありません。これだけの騒ぎを起こしたんです、親がやったこととは言え、俺にも学校に残る資格がないことぐらい分かります」

「そうやってお前は楽な道を選んどるんじゃ。恐らく引っ越しをして、誰も知らない土地にでも行こうと思っとるんじゃろ。そうすりゃ、非難を浴びることもなく、落ち着いて暮らせるからな」

「…………」

「何だ、図星か。もしかすると一家離散するのか？　お前のためにやったのに、母ちゃんが罪を償って出てくるのを待ってやらんのか？　お前もお前なら、父ちゃんも父ちゃんじゃな。逃げれば済むと思うとる」

この言葉を聞いて佐藤は声を張った。

「そんな楽な道ではありません。これからどうなるのか、本当は俺だって怖くて仕方ないんです」

「ほう、やっと弱音を吐いたな、このプライドの塊が……このままいけば、たぶん一生親のやらかした負を背負って、日陰で生きていくことになるじゃろうな。人目を避け、地中をモグラのように過ごすことになる」

「そうですか……」

佐藤はがっくりとうなだれた。

「そうですかって、随分簡単に受け入れたな。お前のような高慢ちきな奴に、そんな生活、耐えられるんか？　お前の夢だったプロ野球への夢も捨てることになるんじゃぞ」

「仕方ありません、自業自得ですから」

「自業自得？　こりゃいい、こいつからそんな台詞が聞けるとは思わなんだ。ははは……。落ちろ、落ちろ、どんどん落ちろ！　地獄の底まで落ち果てて、みすぼらしい一生を遂げろ！」

「…………」

佐藤は顔面が蒼白になったまま、身動きしなくなった。

「みんな見たか、何て様じゃ。これが今までお前らが一目置いとった男の成れの果てじゃ。あたいに逆らう者はこうなるんじゃ、おーほっほっ……」

葉桜が高笑いをするのを、他の部員たちも平然と見ている。

「お前は本当に憐れな奴じゃな――」葉桜の表情が引き締まったものに変わった。

「――まるで分かっとらん。どうせ地獄のような日々が待っとるのなら、他人からの誹謗中傷に耐えながら、日の当たる場所で暮らそうとは思わんのか？」

「えっ？　……」

佐藤が顔を上げた。それを見て葉桜が続ける。

「お前じゃ、お前が家族の人生を左右するカギを握っとる。父ちゃんに縋《すが》り付いて泣いて頼めば、父ちゃんだって腹をくくってくれるんじゃないんか？」

「どういう意味ですか?」

予想外の言葉に、佐藤は奇異な顔をした。

「行くも地獄、引くも地獄なら突き進め、と言っとるんじゃ」

「それって? ……」

佐藤は尚も不可解な表情をしている。

「分からんかのう——」口を挟んだのは実井だ。「——監督はお前のことを許す、と言うとりなさるんじゃがな」

「許すって……どういう?」

「じゃから、ここにいて野球を続けろ、と言ってくださっとるんじゃがな」

「ま、まさか……」

佐藤はまだ疑心暗鬼だ。実井はそれを見て付け加えた。

「まあ、信じられんのも無理はない、今回の事件だけじゃなく、これまでも散々あったからな。じゃが全部ひっくるめて、監督は許すと言うとりなさる」

「そんな……あり得ない……だけどみんなは……」

佐藤は首を回して部員たちを見渡した。皆、笑みを浮かべている。

さらに実井が言った。

「みんなも同じじゃ。さっき金森が言ったのはそういう意味じゃ。仲間としてお前を見殺しにはせん、昨日話し合って気持ちはまとまっとる」

「……仲間？　……」

　佐藤は呆然とした顔をしている。これを見て葉桜が怒鳴るように言った。

「ええい、うっとうしい奴じゃ。誰かこいつの目を覚ましちゃれ……そうじゃな……清水、平手でいいから、お前がこいつの顔を張っちゃれ」

「えっ、僕ですか？」

「そうじゃ、こいつと対等な関係でやっていくつもりなら、それくらいできるじゃろ？」

「ええ、まぁ」

　そう答えると、清水はつかつかと佐藤の前に移動した。

「佐藤君……いや、佐藤、これでもくらって目を覚ませ！」

　清水は右手のひらで、彼なりに力を込めて佐藤の左頬を叩いた。佐藤の顔はその力で一瞬右に向いたが、すぐに正面に向き直って何もなかったような表情でいる。この反応に、かえって清水はビビった表情になった。

　すかさず葉桜が声を張る。

「何じゃ、何じゃ、佐藤を見てみろ、全然分かっとらんぞ。もし他の奴らもこいつを受け入れようと思うんなら、その証を見せてみろ」

この言葉を受けて、皆は互いの顔を確認し始めた。そして、よし行くか、とうなずくと皆が佐藤に向かって突進した。

キャプテンの金森が佐藤の頭を「こりゃ佐藤、逃げるな！」とヘッドロックすると、他の三年生も「佐藤、残れ！」「佐藤、ここに居てやり直せ！」と背中をパチパチ叩き始めた。一、二年生までもがその群れに加わって「先輩、頑張りましょう」と手を出している。もう佐藤はもみくちゃだ、部員の体に隠れて、実井や葉桜からはその姿がほとんど見えない。

「ようし、もうえかろう」

頃合いを図って葉桜が合図を出すと、皆は佐藤から離れた。

「どうじゃ、目が覚めたか？」

葉桜が訊くも、佐藤はうなだれたまま身動きしない。

「どうした、やっぱりお前には人の気持ちが分からんか？」

葉桜が罵るように言うと、佐藤は声を震わせた。

「本当に……本当に俺がいてもいいんですか？」

見れば目から大粒の涙があふれている。

「みんなはお前に歩み寄ったぞ。その涙が本物なら、お前もみんなに歩み寄れ。そうじゃな……あの桜の木にしがみついてセミになれ」

「………」

佐藤は動かない。

「どうした、まだ自分だけは違うって言いたいのか？」

これを聞いて佐藤は動き始めた。一歩一歩引きずるような足取りで、桜の木に近づいていく。そしてたどり着いたかと思うと、木の根元にうずくまって「オン、オン」と声を上げて泣き始めた。

「くぅ～泣けとは言ったが、そんなセミがあるか」

葉桜はあきれた顔をした。


こうして佐藤は学園に残った。母親は懲役に執行猶予が付いたので、父親とともにスーパーの再建に取り組んでいる。

今日も佐藤は葉桜の下で、日本一のピッチャーを目指して猛特訓に耐えている。

「こりゃ佐藤、まだ反応が遅い。目の前にゴロが転がったら、誰よりも素早くダッシュせんかい。もう一度じゃ、もう一度やり直し」

「はいっ！」

「そうじゃ、その返事。お前は地べたに這いつくばってボールを追い続けるんじゃ。ここではあたいが絶対じゃ。あたいの言うことに逆らう奴は許さん、おーほっほっ」

実井はこれを見て頭を抱えた――彼女は、本当はこれをやりたいがために佐藤を留めたんじゃないのか。まるで女王様じゃないか。手に持っているノックバットがムチに見える。復讐をしているようにしか見えんぞな……。

数週間後、緑豊学園野球部にとって、そして葉桜にとって、甲子園出場が現実のものになった。

著者プロフィール
山下 真一（やました しんいち）
1956年生まれ。岡山県出身・在住。
山口大学教育学部卒業。
2017年３月公立中学校教員定年退職。
著書『脱皮』（2020年、文芸社）

邪気 ～僕らの監督は破天荒～
2025年４月15日 初版第１刷発行

著　者 山下 真一
発行者 瓜谷 綱延
発行所 株式会社文芸社
〒160-0022 東京都新宿区新宿１－10－１
電話 03-5369-3060（代表）
03-5369-2299（販売）

印　刷 株式会社文芸社
製本所 株式会社MOTOMURA

ISBN978-4-286-26369-4